Andreas Hüging

Let's DISCO

Die schwer verrückte Geschichte von Valentin Plau

ueberreuter

Schnuppenhagel

Seit dreieinhalb Wochen kein Regen, nur Hitze. Nach und nach verwandelte sich die Stadt in eine Wüste aus Stein. Die heiße Luft hatte es sich in Häusern, Autos, Zügen und Klassenzimmern gemütlich gemacht. Wie ein Gast, auf den im Frühjahr alle sehnsüchtig gewartet hatten, der aber nun einfach nicht mehr gehen wollte. Selbst die Fahrradsättel, am Nachmittag nach der Schule, schienen zu glühen. So mancher hatte schon seinen Allerwertesten auf dem Weg ins überfüllte Freibad verbrannt.

Valentin war kein Freibadfan, und die Hitze lag ihm auch nicht. Er brauchte keinen Rekordsommer, um zu schwitzen. Das funktionierte bei ihm auch bei Eissturm, Frost und Schneetreiben. Eigentlich brach ihm der Schweiß bei jeder Wetterlage aus.

Es war wie verhext, sogar jetzt, neun Minuten nach Mitternacht, wollte das Thermometer einfach nicht unter die Dreißig-Grad-Marke fallen. Unmöglich, mehr als sein Lieblingstanktop und die schlabberigen Shorts zu tragen.

Das Gras war trocken. Valentin horchte und spähte in die Nachbargärten. Alle Grillpartys waren vorbei. Er konnte seinen Plan ungestört in die Tat umsetzen. Wehrlos zerbrachen die dürren Halme unter seinen Schläppchen. Er zupfte vorn und hinten an seinem Shirt, um Luft auf Bauch und Rücken zu fächeln. Dann legte er sich auf den Rasen –

ruderte ein paarmal mit Armen und Beinen in dem handtuchgroßen Reihenhausgarten. Dabei kickte er kleine Steine in den winzigen Teich.

»Sorry, Paul, sorry, Paula«, entschuldigte sich Valentin leise bei den Goldfischen.

Hoffentlich waren die zwei nicht schon längst zur Fischeinlage in der aufgeheizten Teichsuppe geworden. Und hoffentlich huschten unter ihm keine Spinnen umher, oder verliefen sich in seinen schulterlangen – fraglos reichlich fettigen – Haaren. Nichts war ihm mehr zuwider als diese sechsbeinigen Ungeheuer.

Schnell zog er sein Handy hervor und hielt es den flirrend leuchtenden Sternen entgegen. Wie eine umgedrehte Salatschüssel voller Diamanten wölbte sich der dunkelblaue Himmel von Horizont zu Horizont. Die Sternschnuppen-App hatte nicht zu viel versprochen: Milchstraßen-Sicht optimal! Außerdem kündigte die App eine ungewöhnlich hohe Schnuppendichte an und garantierte spektakuläre Schweifsichtungen. Jetzt noch schnell den Schnuppen-Chat aufrufen, dann war er bereit.

Wenn das nicht die perfekte Nacht war, um sein Leben zu ändern! Valentin hatte einen ganzen Sack voller Wünsche mit ins Freie gebracht. Zugegeben, es war immer der gleiche Wunsch. Aber wenn er es geschickt anstellte, konnte er die Last gleichmäßig auf die Schnuppenschultern verteilen, dann hatten sie nichts zu meckern.

Nun musste er erst mal eine entdecken. Nebenbei checkte er mit zusammengekniffenen Augen den Schnuppen-Chat. *Urknall2004* vermeldete:

Schon vier Sichtungen. Läuft ja brüllermäßig! Drei mit, eine kleine Schnuppe ohne Schweif. Wer hat mehr?

Mannomann, was für ein Angeber! Und dieser granatenblöde Username! Valentin scrollte weiter. *Luna-auf-Zack!* schrieb:

Ist das nicht toll! Ich wünsche euch, dass alle Wünsche wahr werden! LAZ

Das gefiel Valentin schon besser, dahinter verbarg sich sicher ein hübsches, nettes Mädchen; er stellte sich vor, dass sie irgendwo alleine in der Dunkelheit lag und mit großen Augen vor sich hinträumte. Aber wenn er weiterhin auf das Display starrte, würde er alle Schnuppen verpassen. Ohne dass er es mitbekam, leuchtete hinter ihm der Himmel kurz auf.

Urknall2004 jubelte umgehend:

Groß wie ein Silvesterböller, Knüllerschweif, ich wünsche mir … ha!, das verrate ich natürlich nicht.

Dieser Typ nervt!, dachte Valentin und legte das Handy ins Gras. Hoffentlich würden die Nacktschnecken es nicht umgehend in Besitz nehmen; das war ihm schon einmal passiert, während einer Ferienfreizeit für dicke Kinder in Österreich, unter der Hand auch bekannt als »Wampenwandern«. Bei der Erinnerung an die weiche Masse, die das Telefon eng umschlungen hatte, schüttelte es ihn gewaltig.

Konzentrier dich!, ermahnte er sich und drehte den Kopf langsam von einer Seite zur anderen. Genau so machten es die großen Teleskope in der Atacamawüste auch, das hatte er im Science-Kanal gesehen. Nun konnte ihm kein Teil des Himmels mehr entgehen.

Da fliegt was! Es war nur ein Satellit, der seine Bahnen drehte. *Mist!* Ob der ihn sehen konnte und Fotos machte? Schnell zog Valentin das hochgerutschte Top über seinen runden Bauch. *Wie albern!* Als wenn die Dinger gestochen scharfe Bilder von der Erde machen würden! Und für seine Wampe interessierte sich bestimmt keiner. Aber konnte er sich da ganz sicher sein? Frech streckte er die Zunge raus und zeigte der neugierigen Maschine den Stinkefinger. In diesem Moment rauschte eine Schnuppe links von ihm in Richtung Kirchturm – nicht mal den Schweif hatte Valentin bemerkt. Der Satellit war weitergezogen, und er dachte über einige grundlegende Dinge nach: *Wie viel Zeit bleibt einem nach dem Fall einer Schnuppe, um sich was zu wünschen? Woher weiß die Schnuppe, dass sie gemeint ist? Verstehen Kometen überhaupt Deutsch? Sollte er seinen Wunsch vielleicht besser auf Englisch vortragen? Oder gleich auf Klingonisch? Und wie viele Wünsche konnte eine Sternschnuppe gleichzeitig bearbeiten?* Okay, ein bisschen benahm er sich wie ein naiver Kitazwerg, der dem Weihnachtsmann seinen Wunschzettel mit der Post schickte. Trotzdem wurde er mit jedem Signal-Beep eifersüchtiger auf all die anderen, die sich mit ihm im Schnuppen-Chat rumtrieben. *Beep!* Genervt griff Valentin nach dem Handy.

Urknall2004:

FUCK! Irrrrreeeee, das war ja wohl der Hammer-Wunsch-Erfüller-Brüller-Knüller! Habt ihr das gesehen????

SternenjägerAlpha hatte:

Yeah, wow, suupiturboschnuupi!

Was? Wo? Valentin hatte nichts gesehen.

Luna-auf-Zack:

Jetzt kann nichts mehr schiefgehen, wie toll! Lol!

Wenigstens die hielt den Ball einigermaßen flach! Valentin entschied sich, *LAZ* direkt zu schreiben. Er wählte den Flirt-Channel – hier konnte man sich privat unterhalten – und tippte:

Hallo, Luna-auf-Zack! Bist du draußen oder in deinem Zimmer?

Die Antwort kam schneller als erwartet. Auch *LAZ* hatte die private Chatfunktion gewählt. Die war wirklich auf Zack:

Lol! Natürlich draußen. Ich sause auf meiner alten Kinderschaukel hin und her und schaue nach oben, so entgeht mir nichts. Knuff, LAZ.

Über das *Lol* ärgerte sich Valentin ein wenig, das *Knuff* hingegen gefiel ihm schon besser. Er wurde rot, schließlich kannte er diese *LAZ* überhaupt nicht. Wie gut, dass ihn im Dunkeln keiner sah – mit Ausnahme der Satelliten natürlich.

Ich liege im Gras, der Himmel ist ächt der Wahnsinn, oder? Valentin überlegte, ob er sich als Abschluss was total Verrücktes trauen sollte. Dann tippte er hastig *knuddel* und schickte es ab, bevor er es sich anders überlegen konnte. Live und bei Tageslicht würde er das niemals sagen, aber diese Nacht schrie förmlich danach, es ein bisschen krachen zu lassen. Zufrieden las er seine Message noch einmal durch, da packte ihn plötzlich das blanke Entsetzen: Ab und zu *e* und *ä* zu verwechseln, war so etwas wie sein persönliches Markenzeichen, das war okay. Schlimm war, was am Ende stand: *nudel* statt *knuddel*! Das *k* und ein *d* hatte er hektisch übertippt.

Leise fluchend kniff Valentin die Augen zusammen: »Mist. Die meldet sich bestimmt nicht mehr!«

Eine Schnuppe raste durch die unsichtbaren Speichen des Großen Wagen, dem einzigen Sternbild, das wirklich jeder am Himmel ausmachen konnte.

Es beepte fünfmal:

Boah!!!!

nl

Mein Leben ist geritzt, was soll jetzt noch schiefgehen? N8!

Hiphiphooray!

Wunderschön!

Valentin öffnete wieder die Augen. Die letzte Meldung war von *LAZ*. Er raufte sich die Haare. Wenn das so weiterging, würde er sein Pseudonym in *Kometendepp1000* ändern. Bislang hatte er sich als *MARSMAN1* in die Unterhaltung eingeschaltet, auch wenn ihn das an seinen Lieblingsschokoriegel erinnerte. Solche Zuckerbomben waren der eigentliche Grund, weshalb er hier im trockenen Gras lag: Er wollte abnehmen! Ein Wunschkilo pro Schnuppe. Eine einfache Bitte. Da gab es nichts falsch zu verstehen. War das etwa zu viel verlangt? Doch bislang hatte er nicht die Krume eines Kometenbröckchens entdeckt. Plötzlich nahm er eine Bewegung am Goldfischteich wahr. Erschrocken fuhr er hoch. »Wer ist da?«

Kurz vor halb eins im Freien zu liegen, war heldenhaft genug für ihn – von lautlosen Schattenwesen umkreist zu werden, ging eindeutig zu weit. Dafür reichte sein Mut nicht aus.

Doch es war nur Sisy, der durch die Nacht schlich. Der gescheckte Kater mit dem Mädchennamen von nebenan. Eigentlich war »Sisy« eine Abkürzung – und auch nicht weiblich. Es stand für Sisyphus, den Kerl aus der alten griechischen Sage, der ewig einen Felsen den Berg hochschleppt, der dann wieder herunterrollt, immer und immer wieder. Genauso verhielt es sich mit den Mäusen, die Sisy jagte. Sie liefen ihm einfach jedes Mal davon. Unter Zeugen hatte er noch keine einzige erwischt. Eigentlich fühlte Valentin sich wie Sisy, oder wie dieser alte Steineschlepper. Alle Versuche, seinem Leben als »Dicker« zu entfliehen, waren gescheitert. Kaum war endlich einmal ein halbes Pfund verschwunden, tauchte es in Windeseile wieder auf der Anzeige der Waage auf. Es schien aussichtslos. Nun sollten die Sterne helfen, oder zumindest die kleinen glühenden Bruchstücke, die zur Erde rasten. Bei zehn Schnuppen kämen zehn Kilo zusammen. Mit fünf wäre Valentin auch schon zufrieden. Noch gab er nicht auf.

»Lass Paul und Paula in Ruhe, Sisy!«, zischte er genervt. »Die kriegst du eh nicht.« Er sank zurück ins Gras.

Sisy zuckte mit dem Schwanz und lief dann zu ihm, als wolle er sich das noch mal erklären lassen. Leider hatte der Kater eine wirklich nervige Angewohnheit. Und bevor Valentin sich's versah, legte Sisy sich quer über sein Gesicht und begann zu schnurren. Das tat er mit jedem, der irgendwo herumlag und ihn nicht rechtzeitig verscheuchte. Das Tier ließ sich einfach platt fallen über Augen, Mund und Nase.

Vier Sternschnuppen durchbrachen in diesem Moment fast gleichzeitig die Erdatmosphäre und glitten mit langen Schweifen glitzernd herab. Valentin schob den Kater fort, spuckte ein paar Haare aus und nieste laut.

Im Schlafzimmer seiner Eltern gingen die Lichter an. Das Fenster öffnete sich, und sein Vater Daniel streckte gähnend den Kopf heraus. »Wer ist denn da im Garten? Bist du das, Valentin?«

Die Halme von seiner Hose klopfend rief Valentin: »Äh, ja, nicht meckern, ich wollte Sternschnuppen sehen, aber es gab keine. Nicht eine einzige! Außerdem ist morgen Samstag.«

»Na, du machst ja Sachen. Trotzdem, komm rein!« Daniel zog das Fenster wieder zu.

Valentin tastete nach seinem Handy. Hier irgendwo musste es doch liegen! Dann fand er es. Sofort ließ er es angeekelt fallen. Ein ganzer Trupp schleimiger Schnecken hatte sich begeistert darauf gestürzt. Durch den Glibber las Valentin:

OMG!!!! Vier Super-Monster-Meteoriten gleichzeitig! Ein echter Knüller! GG und N8! Euer Urknall2004.

Marsman und Maultasche

Mit einem letzten Blick hinauf zur Milchstraße nahm Louise noch einmal kräftig Schwung. Dann sprang sie aus ihrer alten Kinderschaukel und flog ein Stück über die ausgetretene Sandkuhle. Das Handy entglitt ihr und sauste vorneweg. Leider war Louises Flugbahn nicht hoch und weit genug. Sie reckte die Arme nach ihrem geliebten »Fony«, dann plumpste sie schwer in den Gartenkies. Während sie sich stöhnend die Knie rieb, ging über ihr ein wahrer Sternschnuppenschauer nieder. Aber wonach hätte sie noch fragen sollen? Eigentlich war sie nun wunschlos, und hoffentlich bald auch glücklich. Die Aktion war jedenfalls kein Fehlschlag gewesen. Sie hatte all ihre Bitten vorbringen können und durfte nun auf die Unterstützung der Sterne hoffen. Außerdem hatte sie einen anderen Schnuppenfan kennengelernt: *MARSMAN1*. Mit *nudel* hatte er sich verabschiedet, womit feststand, dass *MARSMAN1* zwar einen lässigen Namen hatte, aber alles andere als cool war. Und er hatte »echt« mit Ä geschrieben – Schwamm drüber. Der war bestimmt einfach nur nett und etwas unsicher. Darauf stand sie viel mehr als auf die Angeber, für die Sternschnuppen nichts weiter bedeuteten als Trophäen, die sie sammelten, so wie Likes oder Follower. Louise hingegen sprach den kleinen Leuchtbrocken mit kurzer Lebensdauer magische Kräfte zu. Sie war überzeugt, dass derjenige, der mit ihr flirtete, während die allerschönste Superschnuppe ihre Bahn zog, ihr erster Freund sein würde. Denn das konnte einfach kein Zufall sein. Trotzdem hoffte sie, dass *MARSMAN1* nur ein paar Buchstaben bei »knuddel« vergessen hatte.

Sie musste »knuddel« nur denken, dann wurde ihr ganz warm im Bauch. *Nudel* klang irgendwie witzig, aber nicht sehr romantisch. Wenn Louise eine Nudel wäre, dann wäre sie eine Maultasche mit ordentlich Füllung. Nicht, dass sie das bislang gestört hätte, eigentlich waren es nur die anderen, die damit ein Problem hatten. Und die waren in der Regel auch keine Traumtypen: zu dünn, zu doof, langweilig, Wichtigtuer mit großer Klappe – ganz bestimmt stammten *Urknall2004* und *SternenjägerAlpha* aus dieser Abteilung – oder Mobber, die hinterm Rücken pesteten. Niemand, den Louise jemals gesehen hatte, war perfekt. Außer den Models auf Werbeplakaten. Und die stiegen nicht herab aus ihrer grandiosen Welt, in der es keine dicken Mädchen gab. Die grinsten immer nur, als wollten sie sagen: »Du kannst genauso sein wie ich. Gib dir mal ein bisschen Mühe, Mops!«

Louise hoffte, *MARSMAN1* gehörte in ihre Welt und nicht in die der dürren Laufstegschönheiten. Wer kuschelte schon gerne mit einem Skelett in Designerklamotten? Trotzdem waren die gemeinen Sprüche, die sie oft zu hören bekam, wie dahingeworfene Bananenschalen, auf denen man ausrutschen konnte. Und lag man erst mal am Boden, tat das ordentlich weh. Meistens überhörte Louise die Beleidigungen, oder sie fand schnell die passende Antwort. Sie hatte sich vorgenommen, auf den Füßen zu bleiben. Konnte es da schaden, auf kräftigen Beinen durchs Leben zu gehen?

Wo war nur ihr geliebtes Fony gelandet? Zur Feier der großen Schnuppennacht hatte sich Louise für die Handyhülle mit den glitzernden Strasssteinen entschieden – zugegeben, eine kitschige Wahl. *Aber angemessen!*, fand sie.

Doch nun rächte es sich. Vom feinen Kies war es kaum zu unterscheiden, jetzt, da die einzige kleine Wolke am Himmel den Mond verdeckte. Louise schritt knirschend und tastend den Boden ab. Plötzlich knackte es unter einem ihrer Sneaker. Sie machte sich nichts vor: Das Fony war Schrott, zermalmt unter ihren Pfunden, trotz Hülle.

»Oh nein, bitte nicht!«

Zum ersten Mal seit langer Zeit wünschte sie sich, eine leichtfüßige Elfe zu sein. Okay, es musste nicht gleich jemand wie die spindelmagere Galadriel aus »Herr der Ringe« sein. Einfach ein Mädchen, unter dessen Gewicht nicht gleich alles zerbröselte.

Seufzend hockte sich Louise neben ihr zerstörtes Handy und schaute erneut in den Himmel. All die schönen Schnuppen hatte sie verschwendet! Für bessere Noten, einen langen Strandurlaub, das aktuelle iPad. Doch noch war die Nacht nicht vorbei!

»Bitte, bitte! Nur noch zwei Schnuppen«, flehte sie. »Eine zum Abnehmen, nur ein bisschen. Und ein neues Fony, das wäre spitze!«

Na ja, für ein Telefon brauchte sie eigentlich keine Schnuppenhilfe, dafür reichte ihr Taschengeld. Seit ihre Eltern vor ein paar Jahren plötzlich reich wurden, zeigten sie sich auch ihr gegenüber finanziell großzügig.

Die Müdigkeit kam so schnell, dass Louise nicht merkte, dass sie längst träumte. Sie konnte in allen Stellungen einschlafen. Alles, was sie brauchte, war der Boden unter ihrem Po, oder eine Wand zum Anlehnen, und manchmal nicht mal das: Bei besonders langweiligen Unterhaltungen hatte sie auch schon mal stehend zu schnarchen begonnen.

Mit zitternden Augenlidern träumte sie, wie sie schnaufend einen Hügel hochkraxelte, um völlig freie Sicht auf den Himmel zu haben. Kein fliegendes Licht sollte ihr entgehen. Als sie endlich die Anhöhe erklommen hatte, entdeckte sie *Urknall2004* und *SternenjägerAlpha*. Breit grinsend standen sie im Tal und feuerten mit Steinschleudern unförmige Klumpen in die Luft. Sobald ihre Geschosse wieder herunterfielen, leuchteten sie hell wie Kometen. In Louises träumendem Herzen machte sich eine dumpfe Enttäuschung breit. Es war alles ein großer Schwindel, es gab gar keine Sternschnuppen! Plötzlich schämte sie sich für ihre Dummheit. Im Traum fühlte es sich sogar doppelt so schlimm an. Doch von irgendwoher war ein dritter Junge erschienen. Siegessicher strahlte er hinauf zur funkelnden Milchstraße.

»Schau mal, Luna-auf-Zack«, rief er stolz, »das mache ich nur für dich, knuddel!«

Seltsamerweise waren seine Worte von einer Chat-Blase umkringelt. Wie ein Ritter zog *MARSMAN1* Pfeile aus seinem Köcher und schoss einen nach dem anderen in die Dunkelheit. Zurück kamen sie als die schönsten Schnuppen, die Louise jemals gesehen hatte.

»Was wünschst du dir?«, echote es wabernd umher.

»Lieber *MARSMAN1*, knuff«, antwortete Louise leise im Halbschlaf, »ich wünsche mir …«

»Ich glaub, ich spinne!«, tönte es da durch die Nacht. Ein Windzug fuhr in das weite weiße Nachthemd, das durch den mitternächtlichen Garten stolperte. Gespenstergleich flatterte es über den Plüschpuschen, in denen Vera, Louises Mutter, steckte. »Es ist tiefste Geisterstunde und du hockst im Garten! Wünschen ist morgen wieder, jetzt ist Schlafen!«

Dicke Römer und nackte Griechen

Die gestrige Nacht hatte Spuren hinterlassen. Zum einen hatte ein silbriger Film, über dessen Herkunft sich Valentin keinerlei Illusionen hingab, das nagelneue Handy überzogen. Den Schneckenglibber loszuwerden, war jedoch einfach gewesen. Ein Tuch, etwas Chlorreiniger, *zack!* – weg und vergessen. Ein anderes war es dagegen, die unangenehme Frage zu beseitigen, die seitdem durch seinen Kopf spukte:

»Bin ich ein P…?«

Nein, das Wort wollte er nicht aussprechen, auch nicht in Gedanken. Er verschob die Frage in seiner Rübe an den äußersten Rand, so wie jetzt die Bohnen auf seinem Teller. Er mochte Kidneybohnen, aber seit Kurzem kannte er ihr Geheimnis und das – genau wie die nervige P-Frage – schmeckte ihm gar nicht. Und hier ging es nicht um Böhnchen und Tönchen.

»Stimmt was nicht mit den Bohnen?« Seine Mutter Melanie saß vor dem aufgeklappten Laptop und durchsuchte die Ebay-Kleinanzeigen nach einem Ersatz für Paul und Paula. Die hatten tatsächlich die Segel gestreckt. Kein Wunder bei dieser Hitze, der war kein Goldfisch gewachsen. Valentin spürte eine gewisse Trauer über den Verlust der beiden. Doch das Gefühl hatte nur die Größe eines Goldfischpärchens; damit konnte er umgehen.

»Ich hab's!«, rief Melanie aus. »Hier gibt's zwei Schildkröten, sollen Zwillinge sein, die können sich einbuddeln, wenn's zu heiß wird. Nur zwanzig Euro das Stück.«

»Zwillinge?«, wunderte sich Valentin und sortierte die nächste Bohne aus. »Woran haben die das erkannt?«

Melanie wischte die Frage mit einer Hand beiseite. Über den Rand ihrer Lesebrille hinweg inspizierte sie seinen Teller. »Was ist denn jetzt mit den Bohnen, bist du krank?« Sie berührte seine Stirn. »Nee, Fieber haste nicht. Also runter mit den Dingern!« Sie schnappte sich eine Bohne und drückte sie zwischen seine Lippen. »Schleusen auf, sonst gibt es keinen Nachtisch«, drohte sie.

Doch Valentin hielt die Lippen verschlossen.

Durch einen schmalen Spalt presste er: »Gladiatoren.«

»Gladi… was?« Melanie stutzte, dann aß sie die Bohne kurzerhand selbst.

Bei ihrer Superfigur konnte sie eine ganze Wagenladung Bohnen schadlos verdrücken, daran gab es für Valentin keinen Zweifel. »T-Dabbelju behauptet, die Gladiatoren im alten Rom hätten ständig Bohnen bekommen, damit sie ordentlich Speck zulegen.«

»T-was? Wer soll das sein?«, nuschelte Melanie undeutlich, während eine Bohne nach der anderen in ihrem Mund verschwand. Dann prustete sie eine halbe quer über den Tisch. »Dabbelju? So kann doch nur ein Idiot heißen, oder?«

»Sehr witzig. Mein Klassenlehrer, Herr Tornesch-Werstpohl«, klärte Valentin sie zum x-ten Mal auf. »Wieso kannst du dir das nicht merken? Hör mal zu: Mein Lehrer meint, durch die Bohnen und den Speck sollten die inneren Organe der Gladiatoren besser geschützt werden. In der Arena, beim Kampf, Mann gegen Mann, verstehst du? Bohnen machen total dick!«

Melanie nahm sich eine kurze Auszeit, um die Info zu verdauen.

Unangenehmerweise poppte in diesem Moment die Frage wieder in Valentins Kopf auf: *Bin ich ein Pe…?*

Fast wäre sie in ganzer Länge von Ohr zu Ohr gerauscht.

»Hmm, lecker Proteine und fettarme Ballaststoffe, mehr davon, jammijamm. Hol schon mal die Schwerter und bring auch die Lanzen mit!« Melanie fuchtelte mit ihrer Gabel vor Valentins Gesicht herum. »Null Problemo, Gladiator! Ernährungstechnisch ist mit diesen Bohnen alles bingobongo.«

Valentin stöhnte auf. Immer diese albernen Begriffe aus Melanies Jugend, wie superpeinlich. Dabei war seine Mutter schon 40 und sein Vater Daniel sogar schon 55 – »ein alter Sack«, wie Melanie gerne lästerte.

Genüsslich schaufelte sie den Rest der Beilage auf ihren Teller. »Im Ernst, Gladiator, die Bohnen sind unschuldig. Die alten Römer kannten noch keine Kartoffelchips, sonst hätten sie garantiert die verfüttert. Kartoffelchips, Cola und Schokoriegel. Damit solltest du anfangen, wenn du richtig dick werden willst.«

»Mensch, Mama! Ich *bin* schon dick!«

»Nicht lebensbedrohlich«, meinte Melanie trocken, dann wechselte sie das Thema. »Schwester Daniel hat erzählt, du hättest gestern Nacht Sternschnuppen gejagt?«

Schwester Daniel, so nannten sie Valentins Vater zum

Spaß, wenn er nicht dabei war. Heute schob er Wochenenddienst als Krankenpfleger. Melanie grinste, doch Valentin war nicht nach Scherzen zumute. Er erinnerte sich bitter an die gestrige Nacht. *MARSMAN1*, der große Sternschnuppenjäger, hatte alle Schnuppen verpasst. Oder sie hatten sich vor einem Loser wie ihm versteckt. Und den Chat mit *LAZ* hatte er auch versaut. Woraufhin wieder die unangenehme Frage wie eine grelle Leuchtreklame in seinem Kopf erschien. Er legte die Gabel endgültig zur Seite. »Sag mal, Mama, glaubst du …« Kurz schluckte er aus Angst vor ihrer Antwort. »… denkst du, ich bin ein Pechvogel? Hältst du mich für einen Verlierer? Eine dicke Null, eine Nulpe?«

»Wie kommst du denn darauf?« Melanie sah ihn ratlos an.

Typisch, dachte Valentin, für seine Mutter war immer alles »null Problemo«. Sie wollte einfach nicht sehen, was für ihn spätestens seit letzter Nacht klar auf der Hand lag: Nichts in seinem Leben lief wirklich rund. Aus der Trommel, in der die Schönheit verlost wurde, hatte er eine Niete gezogen. Die Chancen, eine Freundin zu finden, waren damit gleich null. Und wer glaubte, dass alle Dicken automatisch Klassenbeste in den schwierigen Fächern waren, täuschte sich gewaltig. Auch Valentins Notendurchschnitt war eben genau das: nichts als Durchschnitt überall. Keine Voraussetzung, um wenigstens Nachhilfe geben zu können, wenn eines der hübschen Mädchen in der Schule nicht mehr mitkam.

Und es gab noch einen Durchschnitt, der auf Valentin zutraf, wenn auch erst auf den zweiten Blick: Im Schnitt – so hatte T-Dabbelju erklärt – zeugten deutsche Eltern rund

1,5 Kinder. Auch hier hatte die Statistik zu seinen Ungunsten zugeschlagen. Sogar ohne Geschwister brachte er das Gewicht von anderthalb Kindern auf die Waage. Okay, das war übertrieben – aber nicht viel.

»Ich bin es so satt«, stieß er frustriert hervor, »am liebsten wäre ich jemand ganz anderes!«

»Für mich bist du ein Glückspilz. Du bist ein super Typ, du bist schlau und kerngesund, und wenn du wirklich ein bisschen abnehmen willst, dann schaffst du das auch easypeasy«, widersprach seine Mutter. »Das Einzige, was dir fehlt, ist Selbstvertrauen.«

Melanies Diensthandy piepte. Sie ging ran, hörte kurz zu, dann warf sie die benutzte Serviette auf den leeren Teller und sprang auf. »Ich muss zur Klinik, ein Notfall. Bei der Gelegenheit kann ich gleich mal schauen, was Schwester Daniel so treibt. Räumst du ab, Gladiator?«

Nach einem lauten Schmatzer auf Valentins Stirn verschwand sie im Bad.

Doch kaum hatte Valentin die Teller genervt in die Spülmaschine verfrachtet, war Melanie auch schon zurück – frisch geschminkt und in ihrem weißen Ärztinnendress.

»Bis später!« Auf dem Weg zu ihrem Fahrrad pfiff sie die Titelmelodie aus dem Film *Gladiator*.

Warum nur, fragte sich Valentin, hatte er die Figur seines Vaters geerbt, und nicht ihre? Und wieso hatte Melanie ungefähr neun Monate vor seiner Geburt ein Auge auf den unförmigen Krankenpfleger Daniel geworfen? Laut ihrer Aussage war es so gelaufen: Nur eine einzige Weihnachtsfeier der Klinik hatte gereicht, um sie für immer zusammenzuschweißen. Noch heute schwärmte Melanie von Daniels grandiosem Hüftschwung. »Führen konnte der! Huiuiui!« Manchmal pfiff sie bei dieser Erinnerung wie ein Fußballfan in der Südkurve. Angeblich lagerten im Keller noch Filme mit Daniels »heißesten« Tanzschritten.

Sie waren eines der wenigen Ehepaare, bei denen sich die Ärztin in die »Schwester« verliebt hatte. Valentin räumte das schmutzige Besteck ein und stellte sich die beiden auf der Tanzfläche vor. Seine zierliche Mama in den gewaltigen Pranken seines groben Vaters. Die belustigten Blicke der Kollegen und das Getuschel hinter vorgehaltener Hand. Nein, so etwas gab es nur einmal. Niemals würde er selbst eine so schöne Frau erobern.

Plötzlich verwandelte sich Melanie in seiner Vorstellung in Linda-Ev, die Prinzessin der 7b. Und er selbst war der Tänzer, den sie anschmachtete. Nicht zum ersten Mal träumte Valentin von der Klassenschönheit mit den schulterlangen dunklen Haaren und der Traumfigur. Leider lebte sie in einer fernen Galaxis, auch wenn Valentin beinahe täglich den Klassenraum mit ihr teilte. Ihm blieben nichts als seine einsamen Tagträume, so wie dieser: Sie schmiegt sich eng an ihn und lässt sich von ihm über den Dancefloor schieben, und wie aufregend sie riecht! Ob er auch so gut »führen« kann wie Daniel? Woher sollte er das wissen? Er hatte noch nie getanzt, weder heimlich zu Hause, noch auf einer Party oder sonst wo. Dann legt er in seiner Vorstellung seinen Arm entschlossen um ihre Taille und lächelt Linda-Ev an. Wie schön sich das anfühlt – also greift er noch ein wenig fester zu.

»Aaarrghh!«, stöhnte Valentin auf, er hatte ungeschickt in eines der Messer in der Spülmaschine gegriffen. Wäre jemand in der Nähe gewesen, hätte er laut gejammert, Schmerzen konnte er einfach nicht ertragen, Blut brachte ihn an den Rand einer Ohnmacht. »Pechvogel, Pechvogel, verdammter Pechvogel!«

Schimpfend rannte er ins Bad, um die Wunde zu versorgen. Er brauchte seine Hand heute noch. Um zwei hatte er ein Gaming-Date mit Pavlos, seinem griechischen Freund, auch dick. Sehr dick.

Nudel, dachte Louise verträumt und schlug die Augen auf. Dann stolperte sie gähnend zum Fenster, ließ die Sonne rein und streckte einen nassen Finger hinaus. Südwind, perfekt. Bei dieser Wetterlage rauschte der fiese Stinkewind glatt an ihrem weitläufigen Anwesen vorbei. Nicht selten war der Geruch kaum zu ertragen, alle Fenster mussten geschlossen bleiben. Die teure Klimaanlage sorgte dann für gute Luft im Haus und in der angrenzenden Schwimmhalle. Doch heute waren alle Vorsichtsmaßnahmen überflüssig.

Louise blinzelte in den parkähnlichen Garten und warf den »Nackten« abfällige Blicke zu. Der Weg zum Springbrunnen war gesäumt von entblößten Frauen und Männern. Sie trugen nichts am Leib außer Lorbeerkränze auf dem Kopf und griechische Sandalen an den weißen Füßen. Die Kerle schlank und muskulös und na ja … darüber wollte Louise gar nicht nachdenken, und die Frauen grazil geformt wie Schönheitsköniginnen. Jeder Tag begann für Louise im Angesicht dieser Parade perfekter Körper.

Werner, ihr Vater, hatte die kitschigen Gipsfiguren aufstellen lassen. »Ein Sonderposten, brutal runtergesetzt!«, hatte er gejubelt und gleich die ganze Bande beim Gartengroßmarkt erstanden. Das durfte allerdings keiner wissen. Die offizielle Version lautete, dass sie von Rhodos stammten. Der Insel, auf der die Familie Mauser im vorletzten Jahr die Ferien verbracht hatte.

Louises »Paradies« lag im Schatten eines Holzpavillons und war alles andere als schick oder luxuriös. Dort gab es auch keine Nackten, die einem ihre muskulösen Bäuche und straffen Oberarme präsentierten. Gelber, ausgedörrter Rasen und grauer Kies umschlossen die alte Kinderschaukel. Vor einigen Jahren hatten Arbeiter das alte Bauernhaus, in dem die Mausers bis dahin gelebt hatten, abgerissen, denn das »Wunder« – so bezeichnete ihre Mutter Vera die damaligen Ereignisse bis heute – hatte ihr ganzes Leben auf den Kopf gestellt. Das »Wunder« hatte die Familie reich gemacht, und fortan sollte alles von diesem Ereignis zeugen. Ihr Heim, das Auto, die Möbel und natürlich der riesige Garten. Doch als die Bagger sich den Schaukelplatz vorknöpfen wollten, hatte Louise einen Sitzstreik gestartet. Drei Tage hatte sie bei Sonnenaufgang Stellung bezogen. Ihre geliebte Schaukel durfte dem »Wunder« nicht zum Opfer fallen. Und tatsächlich hatten die Arbeiter die kleine Insel verschont. Seitdem wuchsen hier nur Butterblumen und anderes Unkraut. So wollte sie es. Ungepflegt, nicht schick, und kein stolzer Grieche durfte hier den Siegerkranz schwenken, geschweige denn sein … na ja, daran wollte Louise ja nicht denken. Auf einem verwitterten

Holzschild stand in krakeligen Kinderbuchstaben: *Paradies – Zutritt nur für mich!*

In ihrem pinken Lieblingsschlafshirt mit den gold glänzenden Herzen kletterte sie aus dem Fenster, lief ein paar Meter und stieg in den rauen Schaukelsitz. Wie sie ihr Fony vermisste! Vor allem, weil sie nun *MARSMAN1'* Nachricht nicht mehr lesen konnte.

»Nudel«, flüsterte sie noch mal und spürte gleich wieder dieses schöne Ziehen im Bauch. Ein paar Schwünge durch die Luft verstärkten das tolle Gefühl noch. Aber wie, zur Donnerschnuppe, sollte sie *MARSMAN1* finden? Als Allererstes musste ein neues Handy her. Leider standen die Chancen, dass er irgendwo in ihrer Nähe lebte, ziemlich schlecht, der konnte ja überall sein. Der außergewöhnlich strahlende Sternenhimmel der letzten Nacht hatte sich schließlich übers ganze Land gewölbt und noch viel weiter.

Ich werde ihm schreiben, sobald er wieder online im Schnuppen-Chat ist, der Meteoriten-Supermonat ist ja noch lang, entschied sich Louise. Außerdem sollten die *Spläsh!*-Einladungen per WhatsApp schleunigst raus – auch deshalb musste ganz schnell ein neues Handy her. Unter diesem Motto wollte Louise in einer Woche ihren nächsten Geburtstag feiern. Und zwar im hauseigenen Schwimmbad. Das Dach über dem runden Becken ließ sich per Knopfdruck beiseiteschieben. Der Hotdog-Mann war schon bestellt, und ein cooler DJ würde knallige Musik auflegen. Und falls der Stinkewind es auf sie abgesehen hatte, würde sie das Dach kurzerhand wieder schließen.

Halb genervt, halb dankbar warf sie einen Blick zum »Wunderberg«, dem Monte Scherbelino. Stand die Sonne senkrecht über dem stetig wachsenden Haufen aus Abfall, reflektierten unzählige Scherben ihre Strahlen. Daher stammte sein Name. Dieser künstlichen Erhebung verdankten Louise und ihre Familie ihren Reichtum. Und den Gestank, auch wenn es bis zum Berg etwa vierhundert Meter waren. Als die Gemeinde vor Jahren ihr Land gepachtet hatte, um die Müllentsorgung vor ihrer Haustür zu betreiben, war der Glücksstern für sie aufgegangen. Beinahe über Nacht war aus den Mausers – einer armen Bauernfamilie mit schlechtem Ackerland – ein reicher Clan geworden, dessen Oberhaupt inzwischen Bürgermeister und Schützenkönig von Brüllach war, einem Ort mit weniger als zwanzigtausend Einwohnern. Deshalb durfte auch niemand wissen, dass Werner noch immer ein Auge auf jedes Sonderangebot warf, da konnte er einfach nicht aus seiner alten Haut.

Als Louise wieder ins Zimmer kletterte, gab es am Brunnen einen großen Krach. Erschrocken schaute sie zu der Reihe posierender Gipsgriechen. Dem nackten Gott Apollon war die Lyra samt Arm abgebrochen und auf den Weg gestürzt. Dabei hatte es auch noch sein bestes Stück erwischt.

»Autsch!«, entfuhr es Louise.

Da hatte ihr Vater mal wieder am falschen Ende gespart. Die Statuen auf Rhodos hielten nun schon ein paar Tausend Jahre – der schamlose Sonderposten aus dem Großmarkt nicht mal zwanzig Monate.

Harter Crash – weich gefallen

Die Hand, mit der Valentin verträumt nach Linda-Ev gegriffen hatte, tat verflucht weh. Ein wulstiger Verband aus Mull und Klopapier umspannte Mittel- und Zeigefinger. Zur Sicherheit hatte er das Ganze mehrfach mit Tesastreifen umwickelt. Er machte einen kurzen Schütteltest – es hielt. Was würde *Schwester* Daniel zu diesem »Zombiewickel« sagen? Egal. Valentin hatte nicht vor, in die beruflichen Fußstapfen seines Vaters zu treten. Blut abnehmen, Bettpfannen wechseln und Katheterpflege waren nichts für einen, der beim Anblick von Spritzen und offenen Wunden zu Panik und Luftnot neigte. Und seine Rolle als Loser würde er beim Bettenabziehen auch nicht abschütteln können. Nein, für den dringend nötigen Imagewechsel musste eine echte Heldentat her. Etwas total Irres, das sich niemand sonst traute. Aber was sollte das sein? Ob er heute beim Gaming mit Pavlos eine Chance hatte, mit nur einer Hand, war äußerst fraglich. Und selbst wenn er alles abräumte, was in der Gamer Community zu holen war, dann erfuhren es ausschließlich Leute mit Namen wie *RockpunkZero, Skulldiver, Motoslug-4 oder Killtokill-no1.* Und wer sich dahinter verbarg, wussten der Geier und der Gott des Internets, falls es den schon gab. Aber ein Samstagnachmittag ohne Chips und Eistee und Gedaddel war wie Liebesfilme mit Melanie glotzen: total öde.

Vom Richthang 28, dort wo sie am Rand von Brüllach wohnten, bis zur Innenstadt waren es nicht mal zehn Minuten mit dem Rad. Valentin trat kräftig in die Pedale. Längst klebte sein T-Shirt zwischen Rucksack und nassgeschwitzter Haut. Pavlos erwartete ihn im *Kings and Rings*, einem Daddlershop, in dem es auch Fantasybücher, Waffen aus Pappmaschee und Kostüme für Rollenspiele gab. Die kauzigen Mittelaltertypen liebten den Laden beim alten Bahnhof. Und die Daddler mussten sich dort kein Genöle ihrer Eltern anhören. Das Schöne an *Kings and Rings* war – da waren sich Valentin und Pavlos einig –, dass die meisten Gäste das ein oder andere Pfund zu viel auf die Waage brachten. Hier waren sie so gut wie unter sich. Niemand machte Witze oder kicherte, sonst gab es Hiebe mit Keule oder Schwert. Leider würde sich keine Linda-Ev oder eine andere Schönheit jemals dorthin verirren. Ausgeschlossen. Dafür gab es dort tolle Mädchen, die von Ritterfesten schwärmten, spitze mit der Axt werfen konnten und womöglich wussten, wie man Kaninchen häutet.

Valentin gab Gas, die Computer hatte Pavlos von zwei bis sechs reserviert. Nur noch ungefähr drei Minuten, viel länger würde seine Puste auch nicht reichen. Die Jeans schmiegte sich um seine Oberschenkel wie ein nasser Lappen; die Mittagssonne versuchte, Löcher in sein schwarzes Basecap zu brennen. Jetzt beschlug auch noch die Brille vom Dunst seines Atems.

Im Grunde konnte er auf klare Sicht verzichten, den Weg kannte er auswendig. Hinter der nächsten Kurve erwarteten ihn schon eine Klimaanlage und sein treuer Gaming-Buddy, dazu Mezzomix und Knabberzeug, auch wenn da mehr Kalorien drin waren als in einem ganzen Sack Bohnen. Er stieg senkrecht in die Pedalen, die Jeans machte ihn fast unbeweglich, und ein letztes Mal legte er sich staksig in die Kurve. Die Front des Handyshops neben *Kings and Rings* blendete hell auf – dann traf ihn ein Schlag. Der Lenkergriff entglitt der bandagierten Hand und bohrte sich umgehend in seinen Bauch. Diese Sorte Übelkeit war ihm neu – sie rauschte durch seine Eingeweide wie ein ungebremster Intercity und breitete sich dann in alle Glieder aus. Er ahnte, dass aus dem gleißenden Mittagslicht sehr bald dunkle Nacht würde, doch erst mal tauchte das Bild eines kämpfenden Gladiators in seinem geschockten Kopf auf. Er riss das Schwert in die Höhe, klopfte auf seine Wampe und rief: »Iss in Zukunft mehr Bohnen, Valentin, dann tut's nicht so weh!«

Aber es tat weh, und wie! Sein Kopf prallte auf den Bordstein, wo er in ein vertrautes Gesicht sah. Ein Mädchen lag vor ihm am Boden. Fast berührten sich ihre Nasenspitzen. Die Augen hielt sie geschlossen, dabei schnaufte sie durch die Nasenlöcher. Im zittrig trüben Gelee seines Gehirns suchte Valentin nach ihrem Namen. Keine Chance. Der Vorhang fiel. *Game over.*

Ein Krankenwagen raste heulend heran und blockierte dann mit rotierendem Blaulicht die Straße. Weder Valentin noch Louise verstanden wirklich, dass sie der Grund für den Lärm und die vielen Neugierigen waren, die in der brütenden Hitze ausharrten. Erst als ein Sanitäter eine Nadel in Louises Arm schob, erwachte sie aus einem Dämmerzustand, der ihr eigentlich ganz gut gefallen hatte. Wie eine Kirsche im Marmeladenglas hatte sie minutenlang sorglos geschlummert. Etwa einen Meter entfernt lag noch jemand auf dem Gehweg und wurde von einer jungen Frau versorgt. Louise hob den Kopf, aber ein stechender Schmerz zwang sie zurück auf die Decke, die ihr jemand untergelegt hatte.

Die schlanke Sanitäterin meinte zu ihrem Kollegen: »Mensch, die sind wirklich frontal ineinandergecrasht.«

In ihrem ansonsten eher farblosen Haar reichte eine lila Strähne bis in die Spitze ihres Pferdeschwanzes.

»Hart gefallen und weich gelandet«, kicherte ihr Kollege. Dabei wackelten seine Hängebacken wie Götterspeise.

»Mensch, ich krieg kaum die Blutdruckmanschette um seinen Arm«, übertrieb Lila Strähne. »Und eine Vene finde ich auch nicht. Hast du schon den zweiten Transport bestellt?«

»Ja, kommt gleich. Molli gegen Molli, hahaha! Als hätten die sich gesucht«, alberte Bäckchen, »und *bäng*! Gefunden!« Dabei boxte er lachend in den Beatmungsblasebalg, der über seiner Schulter baumelte.

Sie amüsierten sich auf ihre Kosten, das fand Louise alles andere als komisch.

»Ich kann Sie hören«, krächzte sie vom Boden aus. Ihr Hals war pures Schleifpapier. »Mein Vater ist der Bürgermeister von Brüllach, der macht Ihnen Ärger.«

»Den kenne ich, der ist auch Schützenkönig, der bläst uns glatt die Rüben weg«, flüsterte Bäckchen Lila Strähne zu.

Die Sanitäter prusteten in ihre Ärmel.

»Der sorgt dafür, dass Sie Bettpfannen schrubben«, setzte Louise noch hustend einen drauf. »Für den Rest Ihrer Tage.«

Endlich hielten die beiden ihre Klappen. Aber nicht lange.

Die Frau fluchte: »Mensch, da ist einfach kein Durchkommen.«

Sie zerrte und drehte an Valentins Arm, stach die Nadel zum dritten Mal in dessen Haut. Doch der verzog keine Miene, als ginge ihn das alles nichts an.

»Na ja, wenigstens bist du sehr tapfer«, stellte die Sanitäterin erleichtert fest. Dann drückte sie ein viertes Mal die dünne Metallspitze in seine Haut, und endlich traf sie eine Vene. Um ihren Patienten abzulenken, fragte sie: »Wie heißt du eigentlich?«

Valentin schüttelte den Kopf. »Weiß nicht.«

»Amnesie«, zischelte die Frau ihrem Kollegen fachmännisch zu. »Hoffentlich retrograd.«

Bäckchen nickte wissend.

Kreischend rauschte der zweite Krankenwagen heran.

»Plau«, hauchte Valentin.

»Ah, wusste ich's doch, retrograd«, bemerkte Lila Strähne zufrieden. »Und dein Vorname?«

»Keine Ahnung.«

Valentin konnte deutlich erkennen, dass die Frau sich was verkniff. »Plau« fand sie wohl witzig. Die zwei waren echt das Letzte.

»Bringen Sie mich ins Krankenhaus?«, fragte er.

Lila Strähne hob den Daumen und machte Platz für die Sanitäter, die mit der Trage für Valentin herbeieilten. »Auf dem schnellsten Weg!«

Wie gut, dass Melanie und Daniel Wochenenddienst schoben. Seltsamerweise wusste Valentin auf Anhieb, wie seine Eltern hießen. Die konnte er dann nach seinem Vornamen fragen. Alles würde sich einrenken, irgendwie.

Fast gleichzeitig erreichten die Krankenwagen die Klinik und hielten nebeneinander vor der Notaufnahme. Die Türen öffneten sich, die Tragen wurden schwungvoll herausgezogen und setzten auf den ausgeklappten Rädern auf. Louise versuchte, einen Blick auf das Gesicht des anderen Unfallopfers zu erhaschen, denn seinen Namen hatte sie bei dem Geheul nicht verstanden. Als Hängebäckchen endlich seinen Hintern zur Seite schob, erkannte sie ihn.

»Nee, das glaub ich nicht«, entfuhr es Louise. In ihrer Brust entstand ein unangenehmer Hohlraum, und sie begann zu husten. Kratzig hauchte sie: »Valentin!«

Dann wurde ihr schwindelig und das Kirschgeleegefühl kam zurück. Kopfüber plumpste sie wieder ins Marmeladenglas.

Du bist so unswag!

Die Notaufnahme roch wie ein Putzeimer, dafür war es in dem breiten Flur angenehm kühl. Es herrschte viel Betrieb, Louise und Valentin spürten jeden Luftzug auf den zerkratzen Gesichtern, sobald ein weißer Kittel an ihren Tragen vorbeirauschte. Valentin hatte man an die rechte Seite geschoben – auf der linken Seite lag ihm Louise gegenüber, die ihn seit einigen Minuten böse und wortlos anstierte. Aus dem Marmeladenglas war sie schnell wieder aufgetaucht. Für ihren Geschmack reichte es jetzt, sie hatte genug geschlummert.

Ein erster Check hatte ergeben, dass beide glimpflich davongekommen waren – Prellungen und Schürfwunden, nichts Dramatisches. Doch zur Sicherheit wollte Melanie noch einige Tests durchführen. Im Augenblick bereitete sie gemeinsam mit *Schwester* Daniel den Untersuchungsraum vor.

Louise atmete tief durch, dann sagte sie: »Du bist so unswag, Valentin Plau!«

Valentin war noch immer durcheinander, er verstand nicht gleich, was sie damit sagen wollte.

»Hä, was?«, brachte er schwach hervor. Aber nun kannte er wenigstens seinen vollständigen Namen. Er räusperte sich. »Swag? Das Wort benutzt heutzutage kein normaler Mensch mehr.«

»Okay, Schlaumeier, gefällt dir *peinlich* besser? Wieso hast du mich umgefahren? Was habe ich dir bloß getan?« Louises Stimme hatte schon fast wieder den kräftigen – manche behaupteten auch donnernden – Klang, mit dem sie sich überall problemlos Gehör verschaffte.

Valentin legte eine Schweigepause ein, die Louise nutzte, um nach ihrem brandneuen Fony zu tasten. Zum Glück war es heil geblieben. Gleich im Telefonshop hatte sie es in Betrieb genommen und konfiguriert. Ein Segen, wie sich jetzt herausstellte, denn kurz darauf hatte dieser Verlierer sie aus dem Sattel ihres »Hollis«, ihrem heiß geliebten Hollandrad, geworfen. Nun konnte sie in ihrer hilflosen Lage glücklicherweise gleich chatten. Ein neues »Bettchen« für das Handy hatte sie auch gefunden. Ein klarer blauer Nachthimmel zierte die schicke Hülle. Der hellste Stern war natürlich Mars, da gab es für Louise keinen Zweifel, auch wenn sie keine Ahnung von Sternenkunde hatte. Nach dieser leuchtenden Himmelskugel hatte er sich benannt: *MARSMAN1*.

Um sich selbst ein wenig Trost zu gönnen, rief sie den Schnuppen-Privatchat auf. Eigentlich wollte sie nur »nudel« lesen, damit die Übelkeit endlich aus ihrem Bauch verschwand. Da stand es: »nudel«. Es funktionierte. Gleich fühlte sie sich munter genug, um *MARSMAN1* zu schreiben – ein angenehmes Kribbeln unter der Haut konnte jetzt sicher nicht schaden. Ihre Finger zitterten, aber für eine kurze Nachricht reichte es:

Mir geht es sooo schlecht, lieber MARSMAN1! Knuddel und knuff, LAZ

Dann wandte sie sich wieder mit finsterer Miene an Valentin. »Du bist schuld. Rast durch die Stadt wie ein Irrer, ICH FASS ES NICHT! Mein schickes Holli ist Schrott, hoffentlich sind deine Eltern gut versichert, Idiot!«

Doch auch Valentin fühlte sich etwas klarer, jetzt, da er wusste, wer er war. »Du findest also *mich* peinlich, hä? Na, dann wundere ich mich, dass *dich* alle *Stulle* nennen, Stulle-Big-Mac-Mauser! Das ist echt unswag ohne Ende – auch wenn das Wort ›unswag‹, wie gesagt, inzwischen total unswag ist, genau wie dein kitschiges Holli.«

Louise grinste höhnisch, damit konnte er sie nicht treffen. Auf dieser Bananenschale rutschte sie schon lange nicht mehr aus. Dafür hatte sie diesen blöden Spitznamen »Stulle« einfach zu oft gehört. Aber das »Big Mac« war fies, das hatte er sich wohl gerade erst ausgedacht. Während sie sehnsüchtig auf *MARSMAN1'* Antwort hoffte, blaffte sie zurück: »Hör mal gut zu: ›El Plauzo‹ – so nennt man dich!«

Wie bitte? *El Plauzo?* Das saß! Dieser Spitzname war Valentin neu, und er klang richtig mies. Wer hatte sich denn so was ausgedacht? Er tippte auf Emil Kantereit, den hipsten und hübschesten Jungen der Klasse. Die meisten Mädchen standen auf den Schönling. Doch Valentin war sich nicht sicher, ob hinter der geleckten Gewinnerfassade auch ein guter Charakter steckte.

Eine Nachricht war auf seinem Handy aufgepoppt. Er verstand nicht gleich, doch dann breitete sich zwischen den Schrammen und Beulen in seinem Gesicht ein seliges Lächeln aus.

»Was grinst du denn so blöd. Denkst du etwa, ›El Plauzo‹ ist ein Kompliment?« Louise hatte mit Valentin wie mit einem Zurückgebliebenen gesprochen. Und jetzt tippte der auch noch mit der heilen Hand auf sein Handy ein, als habe er ihr gar nicht zugehört. Kurz darauf antwortete *MARSMAN1*! Das lenkte sie wenigstens von diesem Trampel auf der Trage ab. Lächelnd las sie:

Meine nächsten Schnuppen sind alle für dich, LAZ, ächt! Sobald ich wieder fit bin, sammle ich welche. Doppelnudel und Superknuff! MARSMAN1

Louises Herz sprang so wild herum, dass sogar die dünne Rettungsdecke über ihrer Brust zuckte. Wie bitte? *MARSMAN1* ging es schlecht? Hektisch antwortete sie:

Was ist denn nur passiert, MARSMAN1? Wie kann ich dir helfen? Wo kann ich dich finden? Supersorg und Knuddelumarm! LAZ

Die Tür zum Untersuchungsraum glitt zur Seite, Daniel trat in den Flur.

»Mensch, euch hat's ja ordentlich erwischt. Valentin, wir schauen uns erst mal Louise an, danach kommst du dran. *Ladies first!* Einverstanden, Gentleman?«

»Gerne. Auf Nimmerwiedersehen!« Winkend hob Valentin die heile Hand. »Ihr habt doch einen Elektroschocker, oder? Die braucht jetzt so was.« Er erhaschte einen besorgten Blick seiner Mutter durch den Türspalt.

»Sag mal!«, schimpfte Daniel und schob Louises Trage dicht an ihm vorbei. »Was ist denn in dich gefahren?«

Louise schickte hastig eine Nachricht ab, dann zeigte sie Valentin den Finger: »El Plauzo, du bist soo peinlich!«

»Big Mac!«, keifte Valentin zurück. Leider konnte er mit der linken Hand keinen Finger zeigen – die Bandage schlabberte um seine Hand wie bei einer Mumie, die vom Kamel gestürzt war. Mit der anderen Hand tippte er blitzschnell: *Ich glaub, ich mag dich, LAZ. Küsschen!*, und lief dabei knallrot an.

Wenige Augenblicke nachdem Daniel diese entsetzliche Nervtöterin vom Monte Scherbelino endlich in den Behandlungsraum verfrachtet hatte, antwortete *LAZ*.

MARSMAN1, Du bist mein Stern! Deine LAZ

Valentin war kurz eingenickt. Als er die Augen aufschlug und sich umsah, blendete ihn die Behandlungslampe. Hauptsache, Louise war fort, die Versorgung seiner Verletzungen bereitete ihm seltsamerweise keine großen Bauchschmerzen.

»Ein Wunder, so was habe ich selten erlebt«, hörte er die Stimme seiner Mutter. »Diese Louise Mauser muss einen Schutzengel haben, mehr als harmlose Schrammen habe ich nicht entdeckt. Und das bei so einem Sturz. Leider hat unser Gladiator nicht ganz so viel Glück gehabt.«

»Wie bitte? Gladiator?« Daniel verstand nicht. Dann runzelte er die Stirn. »Er hat eine Gehirnerschütterung, oder?«

Melanie schaute mit einer Lampe tief in Valentins Pupillen. »Ja, eine leichte, ein paar Tage Ruhe, dann ist alles wieder bingobongo.«

»Das Mädchen hat ständig auf ihr Handy gestarrt, wahrscheinlich war da ein Foto ihres Schutzengels oder eine

Nachricht ihres Liebsten«, berichtete Daniel. Leichtfüßig tänzelte er um den Behandlungstisch, obwohl er Hosen- und Kittelgröße XXL trug. Dann machte er sich an der Infusionsnadel in Valentins Arm zu schaffen: »Beiß mal die Zähne zusammen, ich ziehe den Zugang. Kein Grund, ohnmächtig zu werden!«

»Stört mich nicht«, brummte Valentin blinzelnd. »Nur zu.«

Seine Eltern schauten sich fragend an.

»Normalerweise schiebst du doch schon Panik, sobald ich nur das Fieberthermometer aus dem Schrank hole«, wunderte sich sein Vater, »oder deinen Puls fühle.« Er machte die Scheibe vorm Gesicht, ohne dass Valentin es sehen konnte, und grinste. Dann flüsterte er Melanie zu: »Ist da etwa doch mehr kaputt gegangen, als wir dachten?«

Spiderman und VCR

Endlich donnerte es in Valentins Kopf nicht mehr wie in einem Kirchturm zu Heiligabend. Die strikte Bettruhe und das nervige Handyverbot hatte Melanie aufgehoben, bevor sie am Morgen zum Dienst aufgebrochen war. Pinguingleich schwankte Valentin schlaftrunken durch sein Zimmer.

»Das gibt sich«, hatte seine Mutter versprochen. »Marschiere eine Weile vorsichtig im Haus herum, das ist eine ärztliche Anordnung. Und später kannst du die Turtlezwillinge im Garten füttern.«

Die Luft war stickig. Valentin öffnete ein Fenster, aber das machte es nur schlimmer. Einunddreißig Grad, und das am Vormittag! Drei Tage und Nächte hatte er abwechselnd geschlafen oder gedöst. Seine Träume waren mutig, leicht und freundlich gewesen. Das war neu, hatten sie bislang doch meistens Geisterbahnfahrten voller Schrecken, Angst und purer Panik geglichen. Und auch sein Herz hatte unaufgeregt, beinahe beiläufig geschlagen, so als habe er schon jetzt alle Dramen des Lebens hinter sich und eine himmelblaue Zukunft in Aussicht. Er schrieb es der Gehirnerschütterung zu, bald würde sicher wieder alles beim Alten sein. Doch die gute Laune hielt sich auch außerhalb des Bettes. Sorgen bereitete ihm lediglich der Zustand seines Fahrrads. Wieso war diese brutale Müllplatzkönigin ausgerechnet ihm in die Quere gekommen? Der überwunden geglaubte Kopfschmerz donnerte zurück wie ein Düsenjet, sobald Stulle Mausers Gesicht vor seinem inneren Auge erschien. Und diese Stimme! Irgendwo in ihrem Körper musste ein kaputter Verstärker eingebaut sein und der konnte nur laut.

Kurz wurde ihm übel und er klammerte sich an den Boxsack, den er nie benutzte. Daniel hatte ihn aufgehängt, weil er meinte: »Jeder Dreizehnjährige muss ab und zu Dampf ablassen. Das ist ein Naturgesetz.«

Geschenkt – nicht alles, was seine Eltern über ihn und seine Altersgenossen dachten, hatte Hand und Fuß, fand Valentin. Ehrlich gesagt: eigentlich nichts. Er fragte sich, ob die beiden jemals dreizehn gewesen waren mit all den dämlichen Streichen, die einem nicht nur der eigene Körper spielte. Die Alten hatten fast immer gute Laune, flirteten ungeniert miteinander und benahmen sich, als sei alles *voll Bombe*. Bombe war nur dieser Frust, der bislang sein Leben bestimmt hatte, und zwar eine tickende. Valentin ließ den prall gefüllten Leinensack los und schleppte sich zum Schreibtisch, wo sein Handy auf ihn wartete. Kaum hatte er es aktiviert, klingelte es auch schon.

Es war Pavlos: »Altes, lebst du wieder? Hör mal, ich habe geknutscht, mit allem Drum und Dran!«

Was meinte er mit »Drum und Dran«? Valentin wollte wieder auflegen, er war überfordert. Und immer dieses »Altes«, warum konnte sein Freund ihn nicht wenigstens »Alter« oder »Dicker« rufen, wenn ihm schon *Valentin* so schwerfiel.

»Ein echtes Burgfräulein!«, brüllte Pavlos beinahe vor Begeisterung in den Hörer. »Aus der Mittelaltergruppe, du weißt schon, Altes, die hängen doch immer bei *Kings and Rings* ab!«

Valentin schaltete nicht gleich, sein Gehirn wollte einfach nicht vollständig hochfahren. Große Teile seiner grauen Festplatte gaben keine klaren Infos an seinen Denkprozessor weiter. »Wie …?«

»Du warst schließlich verschwunden, was hätte ich denn tun sollen?«, erklärte sein Freund unschuldig.

»Wie … wie hast du das angestellt?«, wunderte sich Valentin. Aber eigentlich kannte er Pavlos' Erfolgsrezept: Erst klimperte er mit seinen großen braunen Augen, die ihm seine griechischen Eltern vererbt hatten. Und dann überrollte er seine Opfer einfach mit einer ungehemmten Ladung Charme und Komplimenten. Pavlos stellte keine Fragen, er schmiss sich einfach ran. Keine Sekunde schien er daran zu zweifeln, dass jedes Mädchen ihn sofort unwiderstehlich fand. Und das Komische daran war, dass das meistens sogar funktionierte!

»Die war voll schön«, fuhr Pavlos jetzt ungefragt fort. »Ein bisschen so wie du und ich. Du weißt schon, nicht so dünn, einfach perfekt!«

Valentin konnte es nicht fassen. Pavlos war beinahe doppelt so dick wie er – ungelogen, ein echtes Fass. Schuld daran waren sicher auch die vielen Leckereien im *Lipsi Grill*, dem Restaurant seiner Eltern. Alle Lipsis waren kugelrund, doch Valentins Freund hatte damit nicht das geringste Problem, ganz im Gegenteil. Der zog nicht mal im Freibad den Bauch ein. Und die Mädchen lagen ihm zu Füßen, zumindest die kräftigen Burgfräuleins und Kaninchenhäuterinnen aus der Mittelaltergruppe.

»Ich lege jetzt auf«, entschied Valentin. »Mann, ich bin echt platt.« Er war noch nicht in der Lage, eine weitere Knutschstory zu ertragen, dafür hatte er selbst einfach zu selten Mädchen geküsst. Wenn er ehrlich war, noch nie, jedenfalls nicht mit allem »Drum und Dran«. Er wollte seine gute Stimmung um jeden Preis noch eine Zeit lang genießen. »Mach's gut, Dicker.«

Zaghaft und barfuß begann Valentin, Melanies »Marschbefehl« umzusetzen. Im Erdgeschoss griff er sich eine eiskalte Cola aus dem Kühlschrank und schlich weiter in den Keller. Mit jedem Schritt verzog sich der Schwindel ein wenig mehr aus seinem Kopf. Das klappte ja prima! Und der viele Zucker in der Cola tat sein Übriges. Kurz dachte er auch an die Kalorien, aber dann zuckte er mit den Schultern – in diesem Fall war es ja wohl Medizin! Im Hobbykeller legte er eine Pause ein und lehnte sich gegen die Tischtennisplatte, die schon seit Jahren nur noch als Lager für Kisten und alles Ausrangierte diente. Einst hatten hier Ben und Jerry, zwei Meerschweinchen, ihr tristes Dasein gefristet. Irgendwann waren sie einfach gestorben. Das schlechte Gewissen nagte noch immer an Valentin, er hatte schlicht das Interesse an ihnen verloren. Aber das war schon eine Weile her.

Ein wenig gelangweilt lugte er in einen großen Karton. Ein riesiges Gerät schlummerte darin. *VCR* stand darauf, ganz klar ein Videorekorder aus der Steinzeit, fast wunderte er sich, dass die Aufschrift nicht in Keilschrift war. Und daneben lag eine Einkaufstüte. Er griff hinein und entdeckte verstaubte Videokassetten, groß wie die Menüboxen von McDoof, und eine vergessene Quittung, datiert auf den 17.12.1977.

Plötzlich huschte eine Kellerspinne unter der Tüte hervor und rannte über Valentins nackte Haut. Er zog den Arm nicht gleich fort, und so entschied sich das Tier, stehen zu bleiben. Die Spinne war groß, verdammt groß. Die Sorte, die Valentin hasste: hässlich, haarig und flink. Ein Schrei drang seine Kehle hinauf, doch er blieb stecken. Genau wie die Panik in seiner Wirbelsäule, kurz bevor sie seine graue Schaltzentrale erreichte. Keine Schnappatmung und keine Gänsehaut – er rannte nicht armerudernd und schreiend davon. *Was war denn jetzt los?* Nicht mal ein leichtes Zittern bewegte den weichen Flaum auf seinem Unterarm. Ungestört machte der Achtbeiner es sich dort gemütlich. Sekunden vergingen – beide musterten sich wie Fremde, die von den Socken waren, im selben Haus zu wohnen.

»Wie wär's mit Tee und leichtem Gebäck, Großer?«, erkundigte sich Valentin beim ehemaligen Hauptdarsteller seiner schlimmsten Albträume mit ruhiger Stimme, dann stockte er verblüfft. Er erkannte sich selbst nicht wieder. *War das etwa normal bei einer Gehirnerschütterung?* Er näherte sich mit ausgestrecktem Zeigefinger seiner anderen Hand der Spinne. Wenige Millimeter, bevor sie sich berührten, hob das Tier ein Bein, als ginge es auf die Begrüßung ein.

»Klatsch mich ab, Spiderman«, flüsterte Valentin.

Doch sein neuer Freund rannte davon und verzog sich in seine düster staubige Welt unter den Regalen.

Eine gute Viertelstunde später wartete Valentin in einem ausgeleierten Korbsessel entspannt auf den Start des Films. Der alte Röhrenfernseher im Regal war knisternd angesprungen, nur den Staub von mindestens zwanzig Jahren hatte Valentin erst noch von der Mattscheibe putzen müssen. *Danny P feels like dancin' – Kurs für Fortgeschrittene, 22. Okt.*, so lautete der Titel. Valentin ahnte, dass es sich bei Danny P um die junge Ausgabe von seinem Vater Daniel handelte. Melanie rief ihn manchmal so, wenn sie sich ein oder zwei Piccolöchen Sekt am Samstagabend genehmigt hatte und mit ihrem Mann beschwipst durchs Wohnzimmer hopsen wollte. Vermutlich war damals beim Tanzkurs im Jugendheim oder in der Tanzschule eine Kamera mitgelaufen. Gleich würde sein Vater zu Walzer, Tango oder Cha-Cha-Cha eine der Kursteilnehmerinnen umherschieben. Vielleicht gab es sogar einen Tanzwettbewerb mit Siegerehrung und jubelnden Teenies. Nicht gerade der Knaller, aber für Horror und Action mit lautem Geballer oder abgerissenen Gliedmaßen fühlte sich Valentin noch nicht fit genug. Ein bisschen Schunkeln in Lackschuhen war jetzt genau das Richtige, um sein erschüttertes Gehirn wieder sanft in Betrieb zu nehmen. Vielleicht gab es ja sogar was zu lachen!

Behäbig wie ein U-Boot tauchte die Videokassette in dem schweren Kasten ab. Krachend rasteten die Spulen ein, daumendicke Abtaster drückten auf das Band – es raschelte bedrohlich, sekundenlang nur Schnee und schwarze Punkte, doch dann ging es los, und wie!

Quasi aus dem Nichts sprang Danny P ins Bild. Beim Anblick seines ungefähr sechzehnjährigen Vaters prustete Valentin die Cola durch seine Nase. Gleich darauf verschluckte er sich und bekam auch noch einen Hustenanfall. Mit einer Hand klopfte er sich ungelenk auf den Rücken. Mit der anderen drückte er hastig die Pausentaste. In seiner Nase brannte es, zum Glück ließ der Husten schnell nach. Mit tränenden Augen starrte Valentin auf die Mattscheibe, von der jetzt seine Cola tropfte. Mit einem alten Lappen verschaffte er sich wieder klare Sicht.

Danny Ps Bild war in dem Moment eingefroren, in dem er breitbeinig in der Mitte der rot-weiß karierten Tanzfläche stand und mit ausgestrecktem Arm direkt in die Kamera zeigte. Er lächelte, ein Auge zwinkernd geschlossen, das andere vor Begeisterung weit geöffnet. Am krassesten fand Valentin das seltsame Outfit seines jugendlichen Vaters. Hatte er sich für die Karnevalssaison vorbereitet oder waren diese Klamotten damals etwa cool und angesagt gewesen?

An den Füßen: rote, spitz zulaufende Stiefeletten mit Absätzen, mindestens acht Zentimeter hoch. Das blank polierte Glattleder reflektierte das Licht der zahlreichen Deckenstrahler.

An den Beinen: eine beige Hose aus Samt. Der weite Schlag wedelte wie ein Segel um Daniels kräftige Waden. Nach oben verjüngte sich der Schnitt, bis die Hosenbeine hauteng und glänzend die Schenkel umspannten. Sein Vater war auch damals schon ziemlich pummelig.

Um die Hüften: Die Hose zeichnete einfach alles ab. Jede Falte, jede Erhebung, jedes Detail, Valentin konnte gar nicht hinsehen. Der Hosenbund endete erst irgendwo oberhalb des Bauchnabels.

Am Oberkörper: ein rotes Hemd aus knitterfreiem Satin, soweit Valentin das auf dem ruckelnden Bild erkennen konnte. Es steckte in der Hose und war bis zur Mitte des Bauches aufgeknöpft. Darunter schneeweiße Haut – der traute sich was! Nur um die Handgelenke strafften blinkende Manschettenknöpfe die pluderigen Ärmel.

Ebenso unglaublich war Danny Ps Frisur: Wie schwarze Topflappen klebten die glänzenden Haare über den Ohren, auf dem Kopf bildeten sie eine dichte Matte. Nichts stand ab, jedes Haar kannte seinen Platz. Valentin tippte auf Haarspray in großen Mengen, auch wenn er dieses Zeug nur aus dem Badschrank seiner Oma kannte.

Er drückte die Play-Taste. Altmodische Discomusik setzte ein, woraufhin Daniel begann, mit der Hüfte zu wackeln und im Takt zu klatschen. Noch immer zwinkerte er neckisch in die Kamera. Zwei Takte später hopste er plötzlich diagonal über die Tanzfläche. Dazu rollte er die Fäuste vor seinem Bauch wie eine Lostrommel. Von allen Seiten flackerten bunte Lämpchen und über seinem Kopf rotierte eine große Spiegelkugel. Für einen Moment hoffte Valentin, die Kugel würde runterkrachen und dem Wahnsinn ein Ende bereiten. Über einer Getränkebar stand: *Tanzstudio Breitberg und Weinklein – Gute Laune von Disco bis Latein!*

Nun stoppte Daniel in der Mitte der Tanzfläche und wirbelte um die eigene Achse. Dabei schwenkte er die Arme wie eine tanzende Ente, klatschte zum Abschluss in die Hände und brüllte: *»I am the Disco Duck!«*

Doch er hatte sein Pulver noch längst nicht verschossen, denn nun griff er in beide Hosentaschen und zog mit vollen Händen silbernes Konfetti hervor. Er warf die blinkenden Schnipsel lachend in alle Richtungen, während seine Beine ihn wieder kreuz und quer über den Dancefloor trugen. Unvermittelt stieß er abwechselnd die Arme in die Höhe.

Au Backe, fast hätte sein Vater die Scheinwerfer gerammt. Die Kamera zoomte näher ran. Ein feines Goldkettchen mit einem Anhänger hüpfte auf Danny Ps Brust auf und ab – gespannt ruckelte Valentin mit dem Sessel zur Mattscheibe. Es waren zwei ineinander verschlungene Herzen, das konnte nur eines bedeuten: Das eine Goldherz gehörte Danny P, und das andere seiner Freundin! Valentin konnte es nicht fassen. Mit dieser voll peinlichen Nummer war sein dicker Vater auch noch erfolgreich bei den Mädchen gewesen! Und jetzt, fast vierzig Jahre später, war sein Sohn eifersüchtig auf ihn.

Drei Bücher und ein Dschinn

Der nackte Apollon hatte sein bestes Stück zurück. Louises Vater hatte es wieder angeklebt, obwohl es in mehrere Teile zerbrochen war. Und auch die Lyra klemmte wieder unter seinem Arm. Zumindest die eine Hälfte. Louise erinnerte das kaputte Instrument an einen Engel, dem ein Flügel fehlte, und genau so fühlte sie sich. Ohne eine weitere Nachricht von *MARSMAN1* kroch sie am Boden. Dabei war ihr Herz bereit zum Abheben und es wollte ganz nach oben, wenn nötig bis zum Mars. Stattdessen war ihre Laune unterirdisch, zumal der Wind ungünstig stand. Die *Spläsh!*-Geburtstagsparty würde unter der geschlossenen Kuppel im Schwimmbad stattfinden, und das bei dreiunddreißig Grad im Schatten! Der Gestank des Monte Scherbelino war heute eine Mischung aus Marktabfällen und Brandgeruch, so schlimm war es wirklich selten. Ob der blöde Berg ihre Gäste abschrecken würde?

Alle hatten zugesagt, sogar Emil und Linda-Ev, die Klassenstars. Eine Ehre, auch wenn Louise mit den beiden nichts anfangen konnte. Doch das tröstete sie nicht über die Funkstille hinweg, mit der *MARSMAN1* sie bestrafte. Aber wofür denn nur? Wieder und wieder hatte sie ihre Nachrichten gecheckt. Womit hatte sie ihn verschreckt? Sein »Küsschen« war doch viel krasser als ihr »Knuddelumarm«! Ob er krank war? So was Ähnliches hatte er ja angedeutet.

Sie setzte sich auf das schmale Brett der Schaukel und überließ sich ihren Sorgen. Was konnte sie tun, außer warten?

Noch einmal überprüfte sie die *Spläsh!*-WhatsApp-Liste. »Puh«, atmete Louise erleichtert aus. Diesen Loser Valentin hatte sie wieder rausgeworfen, der konnte ihr heute nicht gefährlich werden. Womöglich hätte er sie ungebremst vom Sprungbrett gestoßen oder den Würstchengrill in Flammen gesetzt und so möglicherweise das ganze Anwesen in Schutt und Asche gelegt. Ungeschickt genug war er ja. Leider hatte sie seinen Kumpel Pavlos Lipsi einladen müssen, seltsamerweise mochten viele Mädchen den wuchtigen Kerl.

Drei Stunden später rollten die ersten SUVs auf den Kiesweg vor dem säulengeschmückten Eingang des Mauser-Anwesens. Anscheinend hatten sich Linda-Ev und Emil abgesprochen, denn ihre Eltern luden sie beinahe zeitgleich ab. Als Emils Mutter davonfuhr, bemerkte Louise aus den Augenwinkeln, wie sie sich kopfschüttelnd die Nase zuhielt. Linda-Ev überreichte Louise hastig ein eingepacktes Geschenk – ganz klar ein Buch – und eilte fächelnd ins Haus. »Oje, habt ihr Aircondition? Ein Wald aus Wunderbäumen wäre auch klasse.«

Dir verpasse ich gerne eine Wäscheklammer auf die Nase, Püppchen!, malte sich Louise aus, aber das behielt sie lächelnd für sich.

Emil verzog keine Miene. Aufrecht durchschritt er die Geruchswolke, die seit Stunden um das Haus waberte, und überreichte Louise ein Päckchen – auch ein Buch. Dann folgte er Linda-Ev.

Ohne einen Blick auf das Geschenk zu werfen, schaute sie ihm hinterher. Der sah einfach verdammt gut aus. Schon jetzt, mit gerade dreizehn, war er stolzer Besitzer eines sehr männlichen Kinns. Seine blonde Mähne, die blauen Augen und seine breiten Schultern waren auch nicht übel. Ob *MARSMAN1* ihm ähnlich sah? Ihre Mutter behauptete immer, es gäbe eine Menge schlanker Jungs, die auf kräftige Mädchen standen. Louise war es eigentlich egal, wie schlank einer war, Hauptsache, er mochte sie. Leider hatte sie so einen bisher nicht kennengelernt, aber ihr Liebesleben stand ja noch in den Startlöchern.

Emil war inzwischen zu Linda-Ev geschlendert, die sich in den klimatisierten Flur geflüchtet hatte. Die zwei passten zusammen wie ein linker und ein rechter Schuh. Irgendwo muss es eine Luxusfabrik für Superkinder geben, überlegte Louise, und dort waren die beiden hergestellt worden. Linda-Ev war eine echte Schönheit: schlank, sportlich, nicht zu groß, nicht zu klein. Weder Sturm, Nebel oder Regen konnten ihrer kräftigen Haarpracht was anhaben. Nasse Strähnen machten sie nur noch attraktiver. Ihre Haut schien von Natur aus gebadet und gepudert zu sein. Ihr Königinnenlächeln schaltete sie ein und aus wie eine Lampe. Wenn sie wollte, erlag die Welt auf Knopfdruck ihrem Charme. Die meisten Mitschüler und sogar die Lehrer waren machtlos gegen so viel ungetrübte Selbstsicherheit. Louise war skeptisch: Für ihren Geschmack wirkte Linda-Ev ein bisschen zu perfekt. *Nur weil eine aussieht wie ein*

Engel, muss noch lange kein Engel drinstecken, dachte sie oft. Aber vielleicht war das auch bloß Neid.

Burt, der Klassenspacko, beendete Louises Gedanken. Er stemmte die Hände in die Hüften, schaute wie ein Eroberer hinauf zum Monte Scherbelino und hielt sich die Nase zu: »Zwanzig Euro für jeden, der diesen Gipfel bezwingt, ohne zu ersticken.« Dann grinste er frech. »Schön habt ihr es hier, Stulle, euer Haus ist voll der Knüller!«

Sämtliche Gäste waren bislang von ihren Eltern gebracht worden. Louise hatte nicht mitgezählt, aber sie spürte, dass noch jemand fehlte. Und dann wusste sie auch wer. Pavlos Lipsi ächzte auf seinem klapprigen Fahrrad die Auffahrt hinauf, die halb platten Reifen schwammen unsicher über den Kies. Als das Vehikel drohte umzukippen, sprang er ungelenk vom Sattel und patschte mit seinen Plattfüßen knirschend auf. Er ließ das Rad einfach an Ort und Stelle liegen und zerrte ein Päckchen aus dem Rucksack, während er die letzten Meter zu Fuß zurücklegte. Unter wildem Augenklimpern überreichte er das Geschenk. »Wusste ich doch, dass du eine schnuckelige Leseratte bist«, bemerkte er zufrieden und zog schnaufend den Hosenbund hoch. »Wie wär's mit einem Küsschen zur Begrüßung?«

Louise rang sich ein »Danke« ab und verdrehte genervt die Augen.

»Was ist denn?«, fragte Pavlos und grinste unschuldig. »Hast du etwa einen Freund?«

Wenige Kilometer entfernt beobachtete Valentin mit offenem Mund, wie sich weitere Tänzer zu Danny P gesellten. Immer wieder zeigten sie gleichzeitig mit gestrecktem Arm zur Decke, als hinge dort die Gebrauchsanweisung für diesen durchgeknallten Tanzstil. Oder sie klatschten in die Hände, nachdem sie ihre Hüften hatten kreisen lassen. Valentin hatte genug gesehen. Zehn Jugendliche, die so taten, als sei es völlig normal, in hautengen Hosen anderen abwechselnd den Hintern und na ja … das andere eben, zu präsentieren. Nee, ohne ihn, das war doch Käse! Nur sein linker Fuß war offenbar anderer Meinung. Er wippte im Takt, ohne seinen Besitzer um Erlaubnis zu fragen. Kein Zweifel, der Fuß wollte diesen Wahnsinn mitmachen. Schluss jetzt!

Valentin stemmte sich aus dem Sessel, erleichtert, dass sich der Schwindel endgültig aus seinem Kopf verzogen hatte. Danny P und die anderen Irren gehörten zurück in die Mottentüte, aus der sie gekommen waren. Der Spuk musste beendet werden, bevor er von seinem Fuß auf andere Körperteile übergriff.

Zu spät: Seine Hüfte wippte schon zur Seite und die rechte Schulter zuckte zum Beat der Basstrommel. Noch ehe Valentin den Film aus dem klobigen Gerät befördern konnte, hatte der Rhythmus seine Beine fest unter Kontrolle. Lässig tänzelte er Richtung Tischtennisplatte, beinahe fühlte es sich an, als werde sein Körper von einer fremden Macht *getanzt*. Die Knie knickten kurz ein, um Fahrt für einen gewagten Hüftschwung aufzunehmen, sämtliche Gelenke knackten und knirschten. Valentin startete eine Drehung um die eigene Achse. Sein Gehirn kugelte zwischen den Ohren umher wie ein Ei im Wassertopf, doch der kurze Schwindel war das allerletzte Echo des Unfalls. Er war wieder gesund, nur dass er jetzt die Kontrolle über seinen eigenen Körper verloren hatte.

Reiß dich zusammen!, zwang er sich schnaufend zur Ruhe. *Das ist echt total lächerlich, was würde LAZ dazu sagen. Und Linda-Ev erst?*

Verwirrt starrte er auf den Fernsehbildschirm. Drang die Musik noch aus der Glotze, oder spielte die Band längst in seinem Kopf? Danny P und seine Mittänzer waren noch immer voll in Fahrt. Valentin verfolgte den nächsten Move seines Vaters und stellte sich darauf ein, dass sein Körper Sekunden später das Gleiche versuchen würde. Zum wummernden Beat der Bassgitarre imitierte Daniel einen russischen Volkstanz, natürlich im Discostil, bei dem er mit verschränkten Armen auf die Knie sank und wieder in die Höhe fuhr. Mit reichlich Hüftgold, strammen Schenkeln und Winkefleisch unter den Armen!

Nein, bloß das nicht!, flehte Valentin seinen eigenen, verrückt gewordenen Körper an.

Umsonst. X-beinig landete er auf dem staubigen Kellerboden und sprang sogleich wieder auf. Noch vor einer Woche hätte seine Angst vor Schmerzen und Verletzungen keine dieser gefährlichen Bewegungen zugelassen. Doch plötzlich spürte er ein Gefühl, das lange unter einer dicken Schicht aus Frust und Fracksausen im Verborgenen geschlafen hatte: Spaß! Diese merkwürdigen Verrenkungen machten ihm Freude. Der Puls pochte, in seinem Bauch verbreitete sich ein angenehmes Kribbeln, unter seiner Haut floss ein Strom aus Wohlgefühl und darüber rann der Schweiß.

Wie ein durchgeknallter Springteufel näherte er sich dem Fernseher, dann stolperte er über seine Schlappen und verlor das Gleichgewicht. Schützend riss er die Arme nach vorne, ehe sein Kopf die nächste Erschütterung erlitt. Nur wenige Zentimeter vor der Mattscheibe stoppte seine Nase. Fast zeitgleich rutschte nun auch Danny P gute zwei Meter auf Knien in Richtung Kameralinse. Sein Gesicht kam der Scheibe ganz nah, sie schauten sich direkt in die Augen. Für einen Moment stellte sich Valentin vor, dass auch sein Vater ihn sehen könne. Die Glotze war nichts anderes als ein Fenster – für ihn in die Vergangenheit, und für Daniel in die Welt seines Sohnes. Fast glaubte Valentin, es funktioniere, denn als er Daniel zuzwinkerte, strahlte der erschöpfte Tänzer übers ganze Gesicht. Schweiß perlte von seiner jugendlichen Stirn, und er tat es wirklich: Er zwinkerte zurück.

Valentin war so gebannt von dieser abgefahrenen Begegnung über die Grenzen von Raum und Zeit hinweg, dass er fast ein wenig erschrak, als von links und rechts zwei Mädchen heranrauschten. Sie legten Danny P die Arme zärtlich um den Hals und schmiegten ihre geröteten Wangen an seine. Dann pusteten sie sich die Föhnwellen aus den Gesichtern und lächelten von Ohrring zu Ohrring. Eine der beiden küsste Danny P auf die pickelige Backe. Er bedankte sich mit einem liebevollen Schmatzer auf ihren geschminkten Mund. Na klar! Sie war diejenige, der das eine Herz an seiner Goldkette gewidmet war. Und jetzt lachten und winkten die drei fröhlich in die Kamera, keine Frage, die waren verdammt gut drauf. Aber es war nicht nur Freude, die Valentin in ihren Augen entdeckte, diese aufgetakelten

Teenies leuchteten beinahe vor Stolz. Er drückte erneut die Pausentaste, zückte das Handy und machte ein Beweisfoto von den glücklichen Tänzern. Dann ließ er sich erschöpft auf den Hintern fallen. Die letzten Minuten hatten ordentlich Staub aufgewirbelt, so was hatten er, Spiderman und die anderen lichtscheuen Kellerbewohner noch nicht erlebt.

Der Film war vorbei, der Video-Apparat hob ächzend die Kassette aus dem Laufwerk. Valentin nahm sie in die Hand und betrachtete das schwarze Plastiketui eine Weile wie Aladin seine Wunderlampe, nachdem er den Dschinn darin entdeckt hatte. Auch in der Kassette hauste ein Dschinn! Ein verborgener, mächtiger Geist, der die Körper anderer Menschen die unfassbarsten Dinge tun ließ. Das war eindeutig Magie, echte Hexerei. Und es war die Gelegenheit für den ersehnten Imagewechsel. Schon jetzt stand für Valentin eins fest: Bald würde er den Dschinn wieder befreien. Sehr bald! Und dann wollte er passend gekleidet sein. Natürlich musste auch mit seinen Haaren etwas passieren, und es gab nur einen Menschen in ganz Brüllach mit den passenden Fähigkeiten: Uschi!

Valentin warf einen Blick auf die Uhrzeit. In einer Stunde würde Uschi ihren Friseursalon schließen, er musste sich also ranhalten. Zum ersten Mal in seinem Leben war er bereit, etwas völlig Verrücktes zu tun, da durfte man nicht zögern. War auch das eine Folge des Unfalls? Kaum zu glauben, wozu eine Gehirnerschütterung alles gut sein konnte!

Zehn Minuten später machte er sich gut gelaunt zu Fuß auf den Weg. Das Rad war noch in der Werkstatt, diese Stulle Mauser hatte es mit einem einzigen Angriff zerstört.

Wolken über Monte Scherbelino

Der Hotdog-Mann war einer Ohnmacht nahe – kein Wunder. Von oben wirkte das Hallendach wie ein Brennglas, und von unten stieg der heiße Dampf des Wurstwassers zu ihm auf. Die Wetter-App hatte zwar eine Gewitterfront angekündigt, aber noch war der Himmel wolkenlos. Louise reichte ihm ein kaltes Getränk und löste die Bremsen von seinem mobilen Imbissstand. Draußen, im Schatten bei der Kinderschaukel, wäre er jetzt besser aufgehoben. Sie schob das schwere Gefährt vorbei am DJ, dessen Kopf mit geschlossenen Augen wippte. Entweder war er total versunken in die Musik, oder er konnte die »Kinderparty« nicht länger ertragen, für die er engagiert worden war. Vom Player meckerte ein Rapper – der fand alles und jeden »low« und »scheiße«, außer sich selbst. Louise dagegen fand seinen Text bescheiden, doch der Song groovte, das musste sie zugeben. Leider brachte der Bass aus den Boxen lediglich die Würstchen in der Heizschale zum Tanzen. Die Gäste hatten es sich in den Liegesesseln gemütlich gemacht, starrten auf ihre Handys und patschten auf den Displays herum. Alle außer Pavlos.

»Komm, ich helfe dir.« Er drückte sich an Louises Seite. »Ich schmeiße 'ne Runde Hotdogs, Süße, und was Flüssiges zum Abkühlen.«

»Ist alles gratis«, antwortete Louise trocken.

»Schon klar, trotzdem, von mir kriegst du den besten Beilagenmix, viele Röstzwiebeln sind superwichtig, und Ampel!«

»Ampel?«

»Ketchup, Senf, Kräuterremo.«

Der hat echt einen Knall, fand Louise und stieß ihren Bikinipo gegen seinen. Pavlos konnte sich gerade noch am Geländer der Pooltreppe festhalten, sonst wäre er ins Wasser gefallen.

Als sein Po wieder neben ihrem schaukelte, jauchzte er: »Du gehst ja mächtig ran, das gefällt mir!«

Durch die Musik brandete Gelächter von den Liegestühlen auf. Louise schaute nach hinten und bemerkte, wie Emil sein Handy hochhielt. Hatte der etwa ein Foto von ihr und diesem braunäugigen Wonneproppen geschossen?

Auch am Ausgang war Pavlos zur Stelle und hielt die Tür auf. Louise parkte den kleinen Imbisswagen im Schatten eines Apfelbaumes. Am liebsten hätte sie den Rest des Nachmittags auf ihrer Schaukel verbracht und vor sich hin geträumt, aber natürlich wollte sie auch ihrer Rolle als Gastgeberin gerecht werden. Außerdem hoffte sie, die Gäste hielten noch eine nette Überraschung für sie bereit, vielleicht eine coole Rede oder ein Geburtstagslied, um sie hochleben zu lassen. Wenigstens tanzen konnten ihre Klassenkameraden doch, wozu sonst hatte sie den teuren DJ engagiert? Bleich und wortlos schleppte sich jetzt auch der Hotdog-Mann ins Freie und reckte die Nase. Wie ein Ertrinkender saugte er Luft in seine Lungen. Doch schnell begnügte er sich mit reiner Mundatmung – noch immer hüllte der Monte Scherbelino das Anwesen in einen gasähnlichen stinkenden Dunst.

»Geht's wieder?«, vergewisserte sich Louise.

»Kein Ding.« Der Hotdog-Mann nickte schwach. Stöhnend übernahm er wieder die Kontrolle über Würstchen, Soßen und Semmeln.

Lass den stinkenden Wind abdrehen, bitte!, beschwor Louise den bärtigen, nackten Gips-Zeus, schließlich war er verantwortlich für das Wetter, zumindest im antiken Griechenland. Doch der hatte nur Augen für die gut gebaute Göttin Aphrodite, die splitternackt gleich neben ihm stand.

Plötzlich griff Pavlos Louises Hand. Sofort zog sie sie zurück, wenn auch nicht ganz. Ihr kleiner Finger blieb zwischen seinem Daumen und seinem Zeigefinger stecken.

»Schau mal.« Pavlos zeigte nach oben in die Baumkronen. »Die Äpfel, wie bei Adam und Eva, cool, oder?«

An den Ästen hingen nur noch wenige wurmstichige Exemplare.

Louise warf ihm einen bitterbösen Blick zu. Kapierte der denn gar nichts? Der Blödmann ließ einfach nicht locker! Doch sie ließ ihren Finger, wo er war, und Pavlos eroberte ihre Hand Millimeter für Millimeter zurück. Ein klitzekleines bisschen gefiel es ihr sogar, denn seine Berührung war wie der Deckel auf dem kalten Topf ihrer Einsamkeit. Er hatte sie durchschaut, das las sie in seinen Augen, der Kerl war wirklich gerissen. Dabei hatte sie doch nur ein wenig in ihrer Schaukel von *MARSMAN1* träumen wollen. Aber wo war der Supermann mit den Pfeilen, die sich in wunderschöne Schnuppen verwandelten, jetzt, da sie ihn so dringend brauchte? Er war verschollen, irgendwo in den Weiten des Alls, und er hatte sie hier auf der stinkenden Erde zurückgelassen – der Kontakt war abgebrochen. Sie war »Houston«, und sie hatte ein echtes Problem, am besten vergaß sie ihn bald wieder.

Wenig später schlenderte Louise Hand in Hand mit einem halb nackten Griechen in Badehose zwischen den ganz nackten Griechen umher. Grinsten die Gipsfiguren etwa frech über sie und den properen Nachfahren aus deren Heimat? Sie lenkte Pavlos hinter den rauschenden Springbrunnen, die Fontänen schützten sie fadenscheinig vor den leblosen Blicken der Modelathleten. Eine Weile stand Pavlos ratlos herum, während sie ihre Arme zum Abkühlen in den Wasserstrahl hielt. Doch dann hatte der Kerl wieder eine seiner frechen Ideen. Er umfing sie von hinten und hauchte in ihr Ohr: »Küss mich, du willst es doch auch!«

»Hör auf damit!« Louise stemmte ein Knie gegen den Brunnenrand. »Wir landen noch im Wasser.«

»Mir dir bade ich überall, Süße.«

»Nenn mich nicht immer ›Süße‹!«

»Nur ein Schmatzer, bitte, Lu.«

Lu? So hatte sie noch keiner genannt. Das klang jedenfalls netter als Stulle. Charme hatte dieser Pavlos ja, und ihr Zögern war ihm auch nicht entgangen. Schon umfing sein Arm ihre Hüfte. Seine Hände hielten den Saum ihres Bikinis, als drohte das Höschen hinunterzurutschen, dazu klimperte er heftig mit den Augenlidern.

Louise hob drohend einen Finger. »Nur ein kleiner Freundschaftskuss, damit du endlich Ruhe gibst. Ich warne dich, mach bloß keinen Quatsch.«

Pavlos riss seine Augen zu voller Kastaniengröße auf. »Ich schwöre bei meiner Großmutter Sofia, Süße!«

»Du hast mich schon wieder Sü…«

Bevor Louise den Satz beenden konnte, spürte sie Pavlos' Lippen auf ihren. Schnell presste sie den Mund zusammen, ehe dieser Blödmann sich weitere Frechheiten rausnahm. Aber wenn es nun schon so weit gekommen war, dann wollte sie auch nicht wie eine Anfängerin dastehen. Klar konnte sie küssen! Zumindest wusste sie, was dazu nötig war. Neun Sekunden dauerte im Schnitt ein Filmkuss, das hatte sie mit der Handystoppuhr gemessen. Für Pavlos sollten fünf Sekunden reichen, schließlich war dies nicht Hollywood sondern Brüllach, und eine Filmkamera war glücklicherweise auch nicht in der Nähe. Außerdem warteten die anderen Gäste sicher auf ihre Rückkehr. Während sein Mund mit unverminderter Heftigkeit auf ihren Lippen klebte, nahm Louise aus dem Augenwinkel eine dunkle Wolke war. Träge hing sie überm Monte Scherbelino, es war seit Wochen das erste Anzeichen für Regen. Noch zwei Sekunden, dann würde sich Pavlos' Kusszeitfenster wieder schließen. Verstohlen warf sie einen Blick auf ihr Fony. Nichts – worauf wartete ihr Sternenfreund?

»Hmmm«, entfuhr es Pavlos, als genösse er ein Stück Mäusespeck.

Er fand sie also lecker, auch das noch, genug jetzt! Gerade als sie gegen seinen runden Bauch drückte, um ihn loszuwerden, ertönte das säuselnde Signal für eine Privatnachricht aus dem Schnuppen-Chat. Es waren die liebestrunkenen Streicher und Flöten aus Star Wars zu Padmé und Anakin. Das konnte nur *MARSMAN1* sein.

»Es reicht«, nuschelte Louise nass, Gesicht an Gesicht.

»Isch liebe disch, Lu«, hauchte Pavlos. »Baby, das musst du mir glauben!« Es klang wie der Refrain eines kitschigen Hip-Hop-Liebesliedes. Dabei fuhr seine Hand über ihren Rücken wie ein Scheibenwischer bei Starkregen.

»Du spinnst doch!« Louise schob ihn fort. »Sprich normal mit mir, diesen Spruch hast du doch auswendig gelernt.«

Schnell drehte sie ihm den Rücken zu und öffnete den Chat. Er war es – er war es wirklich –, der MARSMAN!

Liebe LAZ, ich war krank. Aber jetzt fühle ich mich bärenstark und unbesiegbar. Außerdem habe ich heute etwas Tolles entdeckt, ächt, die Sternschnuppen haben mir Glück gebracht.

Dein MARSMAN1 – nudel, hehe.

Louise wischte ihren Mund trocken und lächelte.

»Ich hab's doch geahnt«, stöhnte Pavlos auf, »du hast einen anderen!«

»Red doch nicht so 'n Blödsinn«, protestierte Louise, aber ihre Stimme klang so hell und entlarvend wie ihre Augen strahlten. Sie boxte Pavlos leicht auf die Brust. Dann küsste sie ihn noch einmal freundschaftlich auf die Wange. »Lass uns nachsehen, was die anderen machen.«

Plötzlich hörten sie einen gellenden Schrei.

»Hiiilfe! Schnell, wir brauchen Hilfe!«

Sie drehten die Köpfe zur Schwimmhalle. Was war da los?

»Bitte helft uns!«

Unmöglich zu sagen, ob der Notruf aus der Kehle eines Jungen oder eines Mädchens stammte. Auf jeden Fall war die Stimme erfüllt von Angst und Panik.

Nebeneinander spurteten Louise und Pavlos durch das Spalier der Gipsgriechen, jede Sekunde zählte, das spürten sie. Neben der Schaukel warf auch der Hotdog-Mann ein Würstchen zurück ins heiße Wasser und folgte ihnen. Es war Burt, der geschrien hatte – die Aufregung hatte ihn wie ein Mädchen klingen lassen. Armerudernd stand er in der Tür zur Schwimmhalle. Als Louise und Pavlos an ihm vorbeistürmten, brüllte er wieder. »Emil, bitte, bitte, helft Emil!«

Der DJ wippte noch immer unter seinen Kopfhörern mit geschlossenen Augen, doch alle anderen starrten wie versteinert in den Pool.

Bleich und zitternd zeigte Linda-Ev in die Tiefe. »Da! Da unten!« Sie stotterte, ihre Beine bebten Knie an Knie.

Louise begriff augenblicklich und sprang kopfüber ins Wasser. Gleich hinter ihr platschte Pavlos hinein. Sie tauchten ganz hinunter, wo Emils Körper als wogender Schatten ruhte, seine blonden Haare wehten wie Gras am Grunde eines Sees. Louise packte einen Arm, Pavlos den anderen. Emil rührte sich nicht, sein Kopf hing herab, die Augen halb geöffnet. *Hoffentlich ist er nur ohnmächtig*, flehte Louise still, *bitte, bitte, lieber Gott*, echote es wieder und wieder durch ihren Kopf.

Mit aufgeblähten Backen gab Pavlos ihr Zeichen. *Nach oben mit ihm, schnell!*, sollte das heißen. Aus ihren Lungen waren die letzten Reste Sauerstoff entwichen. Trotzdem traten und strampelten beide, bis ihre Nasen und Münder wieder überm Wasser waren. Nur Emil machte keine Anstalten zu atmen.

»Fasst doch mit an!«, keuchte Louise.

»Ihr müsst mithelfen!«, schrie Pavlos unmissverständlich.

Endlich verstanden die anderen. Burt und drei weitere Jungs zogen Emil an den Rand und hievten ihn auf den gefliesten Boden.

Louises Rücken schmerzte und ihr Bauch krampfte, wahrscheinlich hatte sie mehr als einen halben Liter Poolwasser verschluckt. Pavlos ging es nicht besser, aber er kniete schon neben Emil und bearbeitete dessen Brust. Er drückte und klopfte, aber es brachte nichts.

»Was sollen wir tun?«, fragte er flehend.

Statt zu antworten, holte Louise, die sich inzwischen ebenfalls neben Emil eingefunden hatte, tief Luft. Jetzt presste sie ihren Mund auf Emils blaue Lippen, hielt seine Nase zu und pustete – ohne Erfolg. Noch mal. Sie schluchzte, fühlte sich hilflos, wo blieben denn nur ihre Eltern? Die mussten doch merken, dass etwas Schlimmes passiert war! Ohne Vorwarnung schubste Pavlos sie zur Seite. Verdutzt beobachtete Louise, wie er den schlaffen Körper umdrehte, seine Arme fest von hinten um Emils Bauch schloss und kräftig zudrückte. Endlich! Ein Schwall Wasser sprudelte hervor, Emil spuckte, hustete und erbrach sich. Linda-Ev wandte sich ab, ihre Gesichtsfarbe kippte ins Lindgrüne. Guido und Burt halfen Pavlos und rollten Emil auf die Seite. Einige filmten mit ihren Handys, und sogar der DJ hatte endlich begriffen, dass dies keine gewöhnliche Party mehr war. Hysterisch alarmierte er den Notarzt. Sekunden später waren auch Louises Eltern zur Stelle.

»Hört gefälligst auf, zu filmen!«, schimpfte Vera.

Ihr Vater Werner entschied: »Die Party ist vorbei, lasst euch abholen. Alle! sofort!« Und an Louise gerichtet: »Wo ist Emils Telefon? Wir müssen seine Eltern anrufen, die Nummer ist ganz sicher abgespeichert.«

Louise musste nicht lange suchen. Das Handy lag auf der Liege, die Emil benutzt hatte, bis er als Einziger Schwimmen gegangen war – die anderen Gäste waren noch immer so trocken wie bei ihrer Ankunft. Was war dann mit Emil geschehen? War ihm die Luft weggeblieben? Oder hatte er sich den Kopf gestoßen? Eine Wunde hatte sie nicht entdeckt, Blut war nicht geflossen. Hatte er aufschneiden wollen und war zu lange getaucht? Was auch immer geschehen war, es hätte ihn fast das Leben gekostet. Das Display seines Telefons war aktiviert, zuletzt hatte er Snapchat geöffnet. Emils letzter Snap war zu sehen – ein Foto und ein kurzer Text. Er hatte Pavlos' breiten Hintern in der knappen Badehose in Großaufnahme fotografiert und ihren, im Bikini, wie sie nebeneinander aus der Halle gingen.

Darunter stand:

OMG! Gyrosboy und Walrosslady, 2 x AFH

AFH bedeutete Arsch-frisst-Hose, das hatte Louise schon mal in einem anderen fiesen Post gelesen, und mit Gyrosboy war natürlich Pavlos gemeint. Dann war sie also die

Walrosslady. Emil hatte den Snap an seine Snapchatfreunde geschickt, bevor er sich für ein Bad im Pool entschieden hatte. Zu den Schmerzen in ihrem Körper kam nun auch noch eine kalte Schlinge, die sich um ihr Herz legte. Je länger sie auf das Bild starrte, umso mehr zog sie sich zu.

Louise schaute zu Emil, er war wieder bei Bewusstsein, hing schmal und blass auf einer Liege, zu der Werner ihn getragen hatte. Der Klassenprinz war zurück unter den Lebenden, das war gut. Kaum zu fassen, wie nah sie an einer Katastrophe entlanggeschrammt waren. Louise spürte, wie ihr vor Schreck die Tränen kamen. Sie wischte sie fort und wählte die Nummer von Emils Mutter, die auch gleich abnahm.

»Emil ist fast ertrunken«, stammelte sie los. »Der Rettungswagen ist gleich da, bitte kommen Sie.« Louise wartete nicht auf eine Antwort und legte einfach auf.

Auf dem Weg zu ihren Eltern ging sie am Becken entlang und ließ – von allen unbemerkt – Emils Handy ins Wasser fallen. Dieses gemeine Foto sollte verschwinden, sofort, Chlor und Wasser sollten den Speicher löschen. Doch sie machte sich nichts vor, Emils Scherz hatte sich längst im Netz verteilt wie ein Virus zur Grippezeit. Angeblich verschwanden die Snaps ja nach wenigen Sekunden, doch das war natürlich ein Witz, es reichte ein schneller Screenshot, und dann war das Bild unsterblich. Und ein Superstar wie Emil hatte jede Menge Kontakte in seinen Freundeslisten. Vor wenigen Minuten hatte Louise diese gemeine Virenschleuder vor dem sicheren Tod bewahrt. Ob er ihr das jemals danken würde? Und wäre sie mutig genug, ihn zur Rede zu stellen, wenn er wieder auf den Beinen war? Was würde das bringen außer einer geheuchelten Entschuldigung? Natürlich wünschte sie ihm, dass er den Unfall ohne Folgen überstanden hatte, trotzdem beschloss sie, kein Wort mehr mit ihm zu wechseln, nie wieder, Funkstille, für den Rest der Zeit. Aus der Ferne hörte sie die Sirene des Rettungswagens. Im selben Moment entließ die Wolke, die vom Monte Scherbelino herübergezogen war und seit einigen Minuten direkt über dem Mauser-Anwesen gelauert hatte, ihre tonnenschwere Last. Mit pochendem Herzen blinzelte Louise hinauf zum Dach. Hatte die Wolke das Drama beobachtet und gewartet, bis die Lage sich einigermaßen beruhigt hatte? Pfeilartig schossen die Regentropfen auf das Glas der Poolhalle, als wollten sie die kümmerlichen Reste ihrer *Spläsh!*-Party angreifen. In Louises Kopf begann es laut zu summen, sie presste die Hände auf die Ohren, doch dadurch wurde das Geräusch nur noch schlimmer.

WELL KAMM IN

Valentin hielt Uschi sein Handy mit dem Foto von Danny P vor die Nase.

»So«, lautete seine präzise Anweisung. »Und nicht anders.«

Offiziell war er noch krank, aber davon ahnte seine Lieblingsfriseurin ja nichts, und diese Sache erlaubte einfach keinen Aufschub.

Kaugummikauend zog Uschi eine Braue in die Höhe. »Du hast 'nen Knall.«

Wie zum Beweis ließ sie eine Blase platzen. Dann zog sie ein Magazin mit Justin Bieber auf der Titelseite hervor und verdeckte damit Danny P und seine föhngewellten Anhängerinnen. »Sieh genau hin. Das ist aktuell der angesagte Look, Herr Plau!«

Es war kurz vor sechs, in etwas mehr als einer halben Stunde würde sie ihren kleinen Friseursalon abschließen. Im Wettbewerb um den bescheuertsten Namen lag Uschis Salon *WELL KAMM IN* ganz weit vorne, fand Valentin, aber wen sonst hätte er fragen sollen? Etwa die eingebildeten Hipster vom »Kaiserschnitt« in der Innenstadt? Nein, die Schnösel hätten ihn glatt ausgelacht, dabei mit dem schwarz gefärbten Herrendutt gewackelt, die Hände geziert in ihre Riesen-T-Shirts gestemmt und ihn wieder heimgeschickt. Verständnis war nur von Uschi zu erwarten.

Schließlich schnippelte sie an seinen Haaren herum, seit er welche hatte, wenn auch sehr unregelmäßig.

»Schätze mal, da kann man mich wegen Körperverletzung drankriegen«, bäumte sich Uschi auf. »Willst du, dass die Styling-Polente mich einbuchtet?«

Valentin schob Justin Bieber beiseite und lehnte sich entspannt zurück. »Diese Bieber-Frise hat doch jeder, los jetzt! Sonst mache ich es selbst und behaupte, du warst es.« Klar, das war Erpressung, aber irgendwie musste er ihren Widerstand ja brechen.

Uschi warf einen Kontrollblick auf die Straße, ließ dann die Fensterläden runterdonnern, bis sie vollkommen blickdicht waren, und verschloss die Tür.

Kurz darauf drückte sie Valentins Kopf unter die Brause. »Ha, ich hab's! Du bist auf den Kopf gefallen, deshalb spinnst du so rum.« Sie hatte die Beule unter seinem Schopf entdeckt; mit der nassen Hand machte sie Drehbewegungen. »Mein Bruder ist Mechaniker, warum bist du nicht zu dem gegangen? Der ist auf lose Schrauben spezialisiert.«

»Jetzt mach schon, behandelt man so etwa einen treuen Stammkunden?«, drängte Valentin. »Ich weiß schon, was ich tue.«

»Verrate bloß niemandem, wer dir das angetan hat!«

Das Handybild stand nun als Frisiervorlage im Rahmen des Spiegels. Noch vor einer Woche hätte Valentin geheult und gezittert bei der Vorstellung, dass ihm jemand so etwas Irrsinniges wie Danny Ps Disco-Haircut von 1977 verpasste. Aber die Dinge hatten sich mit einem Schlag gewandelt. Über der tiefen Schlucht seiner Angst und rotwangigen

Verlegenheit lag nun ein weiches Netz, geknüpft aus guter Laune und Übermut, auf dem er leichtfüßig wandelte. Dieser komplette Stimmungswandel war sehr seltsam, aber er genoss jede prickelnde Minute, und er hoffte, es würde für immer so bleiben. Von der duckmäuserischen Unsicherheit, die sein Leben bislang bestimmt hatte, hatte er den Kanal voll. Gestrichen. Endgültig!

»Leg los, du willst doch Feierabend machen, das Wetter ist spitze. Hinein ins Weekend-Feeling!«, zitierte Valentin seine Mutter. Auch so ein Spruch aus ihrer Jugend, den sie jeden Freitag abspulte wie ein altes Tonband.

Im Gegensatz zu Valentin hatte Uschi bei ihrem letzten Blick durchs Fenster die schwarze Wolke gesehen. Tief und humorlos hatte sie überm Monte Scherbelino gekauert. Nicht mehr lange und sie würde ihren Schatten über den *WELL KAMM IN*-Salon werfen. Seufzend ließ Uschi die ersten Strähnen purzeln. »Melanie reißt mir den Kopf ab, das verzeiht sie mir nie.«

Valentin schloss die Augen. Zufrieden überließ er sich Schere, Kamm und ihren flinken Fingern. Uschi roch wie immer nach Parfüm und Haarwasser und ein bisschen nach Schweiß. Schon als kleiner Junge hatte er es gemocht, wenn sie sich gegen seine Schulter drückte, während sie kaugummischmatzend ihr Handwerk verrichtete. Ihr konnte er vertrauen. Sie würde ihn nicht enttäuschen, auch wenn sie weiterhin muckte und jammerte, als ruiniere sie gerade ihrer beider Zukunft.

Nach einer halben Stunde rasierte sie seinen Nacken mit einem scharfen Rasiermesser, startete dann den Föhn und wirbelte eine Weile mit einem Kamm in Valentins neuem Haarschnitt herum.

Stufe für Stufe schaltete sie den Föhn zurück. Sekundenlang war es still im *WELL KAMM IN*.

»Lass die Augen lieber zu«, warnte Uschi.

Gleich darauf bekam Valentin einen süßlich beißenden Schwall in die Nase – sie sprayte mit einer Dose über seinem Kopf wie ein Graffitikünstler auf einer leeren Wand.

Als der Nebel sich gesenkt hatte, meinte Uschi: »Fertig.« Und sehr leise: »Oh, mein Gott.«

Ohne weiteren Kommentar schnappte sie sich ihre Kaugummis und Zigaretten und verschwand durch die Hintertür wie eine Verbrecherin.

Valentin blinzelte, hob den Kopf und richtete sich auf, dann schaute er mutig in den Spiegel. Volltreffer! Seine Lieblingsfriseurin hatte ganze Arbeit geleistet. Sie hatte Danny Ps Frisur bis ins Detail kopiert, diese Frau war eine echte Künstlerin! Nachdem er aus dem Stuhl geklettert war, nahm er zur Bestätigung das Handyfoto von Danny P und hielt es neben sein Gesicht. Keine Frage, die Verwandlung war geglückt. Er sog die Backen ein, schob das Kinn vor und senkte die Augenlider ein Stück. Mit schrägem Kopf machte er seine Lieblingspose aus dem Discovideo: der gestreckte Arm. Eine Hand stemmte er in die Hüfte, mit der anderen zeigte er zur Decke des Salons, ohne den Blick vom Spiegel zu nehmen. Perfekt! Nun fehlten nur noch die richtigen Discoklamotten, aber vielleicht hatte Daniel ja irgendwo seine alten Outfits eingelagert, schließlich konnte er sich nie von irgendwas trennen. Melanie hatte ihn im

Streit sogar mal als Messie beschimpft, nachdem sie einen Koffer voller löcheriger Kindersocken aus den Sechzigerjahren entdeckt hatte.

»Wahnsinn! Was hast du nur vor, Val? Valentin?«, haspelte Uschi besorgt.

Valentin hatte gar nicht bemerkt, dass sie zurück war. »Moment mal, wie hast du mich genannt? Val?« Das gefiel ihm. Val P, natürlich mit gesprochenem Ä – einen cooleren Namen gab es nicht und er erinnerte ihn an Danny P, den Künstlernamen seines jugendlichen Vaters. Die Dinge fügten sich wie geschliffen zusammen; ein klares Zeichen, dass er den richtigen Kurs eingeschlagen hatte.

»Hast du denn gar keine Angst, dass die anderen dich auslachen?«, erkundigte sich Uschi besorgt. »Deine Freunde werden dich für verrückt halten. Und der Rest macht sich lustig. Das ist gesetzt, da kommst du nicht drum herum.«

»So viele Freunde habe ich nicht«, gestand er offen ein. »Eigentlich nur einen, Pavlos, und der ist auch verrückt. Der Rest ist mir egal. Die werden noch staunen, das verspreche ich dir.«

Außerdem war er Profi im Ausgelachtwerden. Da machte ihm als »Fettwurst«, »Specki«, »Dickerchen«, »Mopsmongo«, »Fettwalze« – oder was auch immer er sich schon hatte anhören müssen – niemand etwas vor. Ach ja, »El Plauzo«, diese neue Gemeinheit hatte ihm ja Stulle gesteckt.

Uschi begann, sich vor einem der vielen Spiegel für den Abend zu schminken. »Wenn du meinst. Also ehrlich, Valentin …«

»Val!«, unterbrach er ihre Ansprache. »Mit Ä. Ab jetzt Val P.«

»Wie bitte? Mist!« Vor Schreck war Uschi der Lippenstift abgerutscht und das bis zum Ohr. »Jetzt mal Klartext. Du bist auf dem Holzweg, *Val-mit-Ä-P*«, rief sie genervt, »aber volles Pfund! Mit dem Look schmierst du unter deinen Leuten doch voll ab.«

»Wenn du meinst.«

»Hey, nimm es mir nicht krumm, verlier ein bisschen Gewicht, dann wird alles leichter. So machst du es dir nur doppelt schwer.«

Valentin fischte einen platt gesessenen Zwanziger aus der durchgeschwitzten Gesäßtasche und legte ihn neben die Kasse. »Danke, du bist ein Genie, ich muss los.«

Während Uschi die rote Farbe von ihrer Wange rubbelte, entriegelte sie den Eingang. »Lass stecken, spar dir die Mäuse für den Tag deiner Frisurrettung, denn der wird kommen, versprochen, sehr bald sogar.« Sie drückte ihm den klammen Schein in die eine Hand und in die andere Hand eine Tüte, in die sie zuvor Haarspray und -gel gestopft hatte. Damit schob sie ihren letzten Kunden an diesem Tag vor die Tür. »Mach's gut, Valentin, vergiss diesmal den Gruß an Melanie, die wird mich verfluchen, wenn sie dich sieht.«

»Nenn mich Val! Val P.« Lachend schlenderte Valentin mit schwenkender Tüte davon. Der aufgefrischte, warme Wind in seinem Rücken schob ihn heimwärts.

Uschi linste durch die Jalousien und staunte weiter. Mit geradem Rücken verschwand der junge Plau zum Richthang. Den Kopf hielt er aufrecht, auch wenn die schwarze Wolke nun so tief hing, dass sie beinahe nach seiner duftenden Discofrisur griff.

»Was ist nur in den Jungen gefahren?«, flüsterte die ratlose Friseurin. »Oje, das gibt Ärger. Riesenärger!«

Butterweich

Auf den ersten Blick unterschied sich das Heim der Plaus mit der Nummer 28 nicht von den anderen Reißbretthäusern am Richthang. Alle hatten die gleichen Türen, Fenster und Giebel. Überall gingen die Familien an derselben Stelle aufs Klo, schmierten sich in einheitlich geschnittenen Küchen ihre Brote und schliefen in den westwärts gelegenen Schlafzimmern. Unter der Woche starteten die Richthänger morgens ihre Autos, zum Feierabend ihre Rasenmäher und danach, falls das Wetter es zuließ, die vollautomatischen Grills. An den Wochenenden kamen noch dröhnende Dampfreiniger dazu. Und natürlich die Motorsägen der Kaminbesitzer, die für den Winter vorsorgten. Dann konnte es schon mal lauter als auf dem Rollfeld eines internationalen Flughafens zugehen. Vor allen Häusern standen schwarze Carports, nur nicht bei den Plaus, denn Melanie hatte an der Stelle, wo die anderen ihre Erst- und Zweitwagen parkten, einen Kräutergarten angelegt. Wozu brauchten die Plaus eine gepflasterte Auffahrt, wenn weder Melanie noch Daniel einen Führerschein besaßen? Seinen Namen verdankte der Richthang dem Galgen, der einst am Ende der Straße für die endgültige Durchsetzung von Recht und Gesetz gesorgt hatte. Statt der gruseligen Holzkonstruktion mit Strick und Leiter gab es dort nun einen Spielplatz. Die Zeit der Henker war lange vorbei, kein Nachbar dachte über die schaurige Adresse nach, und niemand glaubte, dass der Richthang jemals wieder mehr sein würde als die langweiligste Straße der Welt.

Valentin hatte sich und seine Haarpracht in Sicherheit gebracht, kurz bevor der Regen überfallartig hinabstürzte. Sein Herz hüpfte aufgeregt in seiner Brust – ob durch das schwülheiße Wetter oder die aufregenden Ereignisse rund um das Tanzvideo, wusste er nicht. Wahrscheinlich beides. Ein wenig nervös machte ihn zusätzlich die bevorstehende Begegnung mit seinen Eltern. Was würden die zu der neuen Frisur sagen? Er entschied sich, sie nicht zu verwirren, und zog im Flur gleich einen Hoodie über die Schultern und die Kapuze über den Kopf. Den Rest des Abends wollte er allein in seinem Zimmer verbringen, so wie eigentlich alle Samstagabende, versteckt in der Häuserkette am Stadtrand. Doch diesmal ging es nicht um Eistee und Chips vor der Spielekonsole, er brauchte Ruhe zum Nachdenken. Was in aller Welt hatte ihn dazu gebracht, sich von Uschi in diesen Val mit Ä verwandeln zu lassen?

Oben in seinem Zimmer schoss er schnell ein Selfie – ohne Kapuze. Der Blitz blendete ihn für Sekunden, dann schaute er sein Foto an und erwartete einen Schlag in die Magengrube, Eiswürfel, die seine Wirbelsäule hinabsurften oder wenigstens einen Trupp bewaffneter Ameisen in den Fußsohlen. Irgendeine Art von Schocksymptom musste doch zu spüren sein! Nichts da. Diese Irrsinnsfrise war eine echte Bombe, war alles andere als *Reihenhaus*. Sie war ein Bungalow mit Motorboot, eine Luxusvilla mit Dachterrasse, ein cooles Flat in einer noch cooleren City. Er streckte die Brust raus, hob den Kopf und lächelte. Kurz überlegte er, ob dies der richtige Zeitpunkt war, *LAZ* eine Nachricht zu schicken, diesmal mit einem Foto – diesem Foto. Wenn die Sternschnuppen keine miesen Betrüger waren, dann würde auch *LAZ* erkennen, dass er genau das Richtige getan hatte. Schließlich hatten die Schnuppen sie zueinander geführt.

»*Liebe LAZ*«, begann er.

Plötzlich kratzte es an der Fensterscheibe. Sisy! Der glücklose Kater war mal wieder halsbrecherisch am Regenrohr emporgeklettert. Wenigstens das gelang ihm. Valentin ließ ihn hineinschlüpfen. Sisy sprang sofort aufs Bett und trampelte schnurrend das Kopfkissen platt. Gähnend ließ Valentin sich neben ihm nieder, doch plötzlich fauchte der Kater aufgeregt. Erst jetzt hatte er die Val-P-Frisur entdeckt. Mit der Pfote schlug er nach Valentins Ohr und zuckte dabei mit dem Schwanz.

»Hey, blöder Kater, was soll denn das?« Valentin erhob sich, bevor das Tier auf seinem Kopf ein Unglück anrichten konnte. »Du stehst wohl nicht auf Haarspray!«

Nach mehreren misstrauischen Runden um die Uschi-Frise beruhigte sich der Kater schließlich und wurde schläfrig. Auch Valentin überkam eine bleierne Müdigkeit. Die Nachricht mit Bild an *LAZ* wollte er mit klarem Verstand schreiben. Wer weiß, womöglich reagierte sie doch nicht so wunschgemäß, sondern wie Sisy, da wollte er nichts überstürzen. Mit geschlossenen Augen trudelte er in wirre Träume, ohne zu merken, wie der Kater es sich wieder mal auf seinem Gesicht gemütlich machte.

Am Sonntagmorgen hielt die butterweiche Phase noch immer an. Melanie und Daniel schliefen, oder machten sonst was mit viel »Ah« und »Oh«. Das war Valentin nur recht, von ihm aus konnten sie ihr Geknutsche in die Länge ziehen, denn er brauchte Zeit zum Stöbern. Es war höchste Zeit, die nächste Stylingrakete zu zünden. Und da er offenbar seit Kurzem einfach nichts falsch machen konnte, hatte er auch gleich den richtigen Riecher. Nicht nur auf den Videokassetten, die im Hobbykeller lagerten, hatte sein Vater Spuren hinterlassen. Auch auf dem Speicher bewahrte er – neben jeder Menge anderem Krimskrams – Relikte seiner glorreichen Jugend als Danny P auf. Gleich zwei prall gefüllte Alukisten waren mit Filzer beschriftet: 1977 D. P.

Valentin öffnete beide wie verschollene Schatztruhen. In der linken lag obenauf das Goldkettchen mit den zwei ineinander verschlungenen Herzchen. Mit spitzen Fingern legte er es sich vorsichtig um den Hals, damit die Frisur keinen Schaden erlitt. In der gestauten Hitze des Dachbodens fühlte sich das feine Metall angenehm kühl an. Er stellte sich vor, dass eines der Herzchen in nicht allzu ferner Zukunft für *LAZ* stehen würde. Daniel hatte sicher nichts dagegen. Erst jetzt fiel ihm auf, dass *LAZ* seine letzte Schnuppen-Nachricht vom Samstagnachmittag nicht beantwortet hatte. Hatte sie inzwischen einen anderen Freund gefunden? Valentin erwartete einen Stich von Eifersucht in seinem Bauch, aber dort herrschte noch immer überschäumend gute Laune. Selbst wenn sich irgendein Blödmann an sie rangeschmissen hatte, würde er um sie kämpfen und natürlich gewinnen. Noch immer wusste er so gut wie nichts über sie, fest stand jedoch, dass die rasenden Schnuppen *LAZ* in sein Leben befördert hatten; sie war also für ihn bestimmt, wozu sich mit unnötigen Fragen quälen? Schon in jener Nacht hatte sich das Leben von seiner geschmeidigen Seite gezeigt, da war es ihm nur noch nicht aufgefallen.

Die Kisten verbargen gleich mehrere komplette Disco-Outfits. Sorgfältig wie ein Archäologe legte er Schicht für Schicht frei. Sämtliche Hosen und Hemden hatte Daniel gebügelt und gefaltet aufbewahrt, nebst drei Paaren Stiefeletten: gelbe, rote und schwarze. Sie hatten jede Mode- und Musikepoche seit ihrer Einmottung schadlos und glänzend überstanden. Sogar im trüben Schein der Speicherleuchte wirkten sie edel und teuer.

Die wollen von meinen Füßen wachgeküsst werden, dachte Valentin, *genau wie Schneewittchen!* Er probierte die gelben. Wie maßgeschneidert schmiegte sich das Leder um seine Füße. »Sag ich doch«, murmelte Valentin selig, »butterweich! Das Ding ziehe ich durch, liebe Uschi, mach dir keine Sorgen um mich.«

Nicht mehr lange, und *LAZ* würde zärtlich ihre Arme um seinen Hals legen, so wie die Föhnwellenmädels auf dem Videoband. Er sah schon das Pärchen-Selfie vor sich. *LAZ*s Augen strahlten, sie war stolz, seine erste Freundin zu sein. Schluss mit Coolness, sie würden lachen, tanzen und Spaß haben, so viel es nur ging. Fast alle Jungs versuchten es bei den Mädchen mit der gleichen Masche: möglichst gelangweilt aussehen, bei jeder Gelegenheit aufs Handy starren, bis alle glaubten, man sei total gefragt und hätte es nicht nötig, die anderen zu beachten. Im Netz wimmelte es ja schließlich nur so von Followern, Snapfriends und Bewunderern im Hunderterpack. Und die Mädchen machten es genauso. Doch bei seinem Beliebtheitsgrad und seiner Figur konnte er ewig auf das Telefon starren und würde deshalb kein einziges Mädchen umarmen oder küssen, und das bis zu seiner eigenen Beerdigung. Nein, die Lage war ernst, in Zeiten von WhatsApp und Freundesgruppen, zu denen ihm der Zugang versperrt blieb, brauchte er eine Valentin-Plau-Spezialstrategie. Und jetzt wusste er endlich welche: Was konnte spezieller sein als dieses völlig durchgeknallte Discoding? *Der Videokassetten-Dschinn wird mir die nötigen Schritte schon zeigen*, hoffte er. Nicht mehr lange und er würde ihn erneut befreien. *Der Dschinn wird große Augen machen, wenn er mich das nächste Mal durch den Keller scheucht. Er als mein Meister und ich als sein gelehriger Schüler.*

Natürlich wusste Valentin, dass es keinen Dschinn gab, aber die Idee vom Geist, der sich in die Körper anderer hineinstahl, um sie zum Tanzen zu bringen, gefiel ihm. Und irgendeine Magie steckte in den Kassetten, daran zweifelte er keine Sekunde.

Zuerst mal musste er die Sachen unbemerkt in sein Zimmer schaffen. Ob sie wohl so gut passten wie die Stiefeletten? Danny P war damals schließlich schon sechzehn gewesen, doch heutzutage waren die Jugendlichen größer als damals, wusste Valentin. Und bei seiner Glückssträhne, die er gerade hatte, musste die Modenschau einfach genauso groovy wie alles andere ablaufen.

Val P und der Rest der Welt

Die schwarze Gewitterwolke vom Samstag war weitergezogen, ohne der Stadt eine echte Abkühlung zu gönnen – ein geiziger Regengeist auf eiliger Durchreise. Schutzlos waren die Menschen am Fuße des Monte Scherbelino weiterhin dem seltsamen Wetter mit seiner unbändigen Jagd nach dem nächsten Hitzerekord ausgeliefert.

Es war Mittwoch, offiziell kurierte Valentin noch immer seine Gehirnerschütterung aus, dabei hatte er den Keller seit drei Tagen nur noch zu den Mahlzeiten verlassen. Vor den Blicken seiner Eltern war er geflüchtet wie ein Popstar vor den Kameras der Paparazzi. In den oberen Etagen trug er einen verschwitzten Hoodie, um Uschis Wunderfrise zu verbergen, denn noch war er nicht bereit, sich als *Val P Discostar* zu outen. Bisher nahmen Melanie und Daniel sein seltsames Verhalten mit Plau'scher Gelassenheit zur Kenntnis. Seine Mutter hatte sich zwar gewundert, dass er nun regelmäßig ihren Föhn benutzte, hatten seine Haare doch bisher meist auf dem Kopf geklebt wie geölte Spaghetti. Doch außer einem »Tse, Jungs in der Pubertät« und »Sag Bescheid, wenn dir der Schädel überkocht« hatte sie sich weitere Kommentare verkniffen. Und Daniel (»Wird auch Zeit. Die Nase liebt mit, Mädchen verstehen da keinen Spaß«) freute sich über die unerwartet häufigen Badezimmerbesuche seines Sohnes. So weit, so gut.

Wann immer Valentin den Videorekorder gestartet hatte, war der irre Dschinn in seine Beine gefahren und hatte sich auch seiner Hüfte, seines Bauches, seiner Arme, Hände und seines Kopfes bemächtigt. Sogar den Augenaufschlag im Takt der Musik beherrschte er inzwischen perfekt. Leider durfte die Musik nur in Zimmerlautstärke spielen. Seine Eltern hätten sofort Verdacht geschöpft, wenn sie plötzlich fette Beats, rollende Bässe und schrille Gitarren aus dem Keller gehört hätten.

Dort lehnten nun zwei große Spiegel an der Wand. Einst hatten sie als Schranktüren gedient, doch seit heute brach sich in ihnen schillerndes Discolicht. Ein paar Klicks auf Ebay hatten gereicht, um die passende Beleuchtung zu bestellen. Fürs Erste mussten eine kleine Spiegelkugel und zwei Klemmspots genügen. Die Tischtennisplatte und sämtliche Kartons hatte Valentin vorsichtig zur Seite geräumt – Spiderman sollte nicht zu Schaden kommen.

Er befreite sich von seinem Hoodie, unter dem ein blaues Hemd mitsamt silberner Manschettenknöpfe zum Vorschein kam, und startete einen seiner Lieblingstracks: Disco Inferno! Die Band sang: »Burn, baby, burn!«, und der Sänger berichtete, dass die Disco in Flammen stehe. Beides wollte Valentin sich lieber nicht vorstellen, aber der Lauf der Bassgitarre brachte sein Blut sofort zum Kochen. Hier unten existierte nur noch der coole Val P. Wann immer er sich selbst im Spiegel sah, warf er stolz den Kopf in den Nacken und drückte die entblößte Brust mit der Goldkette durch. So mancher Schritt schrie förmlich danach, in der Gruppe getanzt zu werden. Eine Partnerin konnte sicher auch nicht schaden. Was würde *LAZ* zu alldem sagen? Val schaukelte rhythmisch mit den Hüften, die in einer hautengen weißen Stoffhose steckten, breitete die Arme aus und zwinkerte ihr zu, als beobachtete sie ihn aus dem Spiegel. Wie sah *LAZ* aus? War sie klein oder groß? Dick oder dünn? Welche Frisur trug sie und welche Farbe hatten ihre Augen? Ganz egal, Hauptsache, sie tanzte bald mit ihm, und er durfte dabei an ihren Haaren schnuppern. Ein warmes Gefühl breitete sich bei dieser Vorstellung in seinem Bauch aus. Übermütig rollte er mit den Schultern, warf sich auf die Knie, rutschte auf dem glatten Estrich auf *LAZs* erträumtes Spiegelbild zu und schleuderte die Arme zurück wie ein ungarischer Ponyreiter in der Manege. *Wow, wie cool!* Begeistert sang er den Refrain mit: »Disco Inferno!«

Leider bekam das niemand mit. *LAZ* nicht und sonst auch keiner – das musste sich ändern, Val P wollte dem Rest der Welt zeigen, was er draufhatte. Am liebsten auf der Stelle. Er regelte die Lautstärke runter, fläzte sich verschwitzt in den Korbsessel und wählte Pavlos' Nummer.

»Was gibt es, Altes?«

An den Geräuschen und Pavlos' Stimme erkannte Valentin, dass sein Kumpel bei *Kings and Rings* abhing und daddelte und deshalb nicht ganz bei der Sache war.

»Du musst sofort kommen, bring dein Handy mit, du sollst mich filmen!« Valentin räusperte sich. »Ach, übrigens, kannst du mich bitte Val P nennen? Val mit Ä, P mit I, bitte.«

»Ich filme keine Verletzten, das ist gegen die Genfer Konventionen. Sorry, Dicker, du bist noch krank.«

»Gegen die Genfer *was*? Wovon redest du? Mach dich auf die Socken, ich bin topfit. Du wirst Augen machen!«

»Altes, locker bleiben, ich …«

»Val, mit Ä … nenn mich Val P!«, würgte Valentin seinen Kumpel ungestüm ab.

»… hab gleich noch 'n Date«, vollendete Pavlos seinen Satz. »'ne heiße Puppe, voll sexy, mit allem Drum und Dran.« Er stockte. »Äh, wie soll ich dich nennen, Altes? Fell?«

»Vergiss es. Ich erklär's dir, wenn du hier bist. Deine Puppe ist eingeladen, beeil dich!« Wenn Val P plötzlich bereit war, die ganze Welt per Video zuschauen zu lassen, dann sollte Pavlos seinen neuen Schwarm eben mitbringen.

Er wartete eine komplette Stunde. Um die Zeit zu überbrücken, schrieb er an *LAZ*. Schon seit Tagen schob er diese Nachricht vor sich her. Nun war er bereit, der Zeitpunkt war perfekt.

Liebe LAZ, erst mal ein Riesenknuddel von mir. Ich habe etwas entdeckt, das mein ganzes Leben verändert hat. Noch verrate ich dir nicht, was es ist. Denn bis du endlich bei mir bist, soll es eine Überraschung bleiben. Ich mag dich, ächt!

Dein MARSMAN1

PS: Irgendwie spüre ich, dass du ganz in meiner Nähe bist.

Sollte er jetzt ein Foto anhängen? Nein, zu früh. So ganz aus dem Zusammenhang gerissen würde sein Look sie nur verwirren.

Kurz darauf klingelte es. Oben öffnete Daniel die Haustür. Schnell schlüpfte Val in den Hoodie, streifte eine Jogginghose über und tauschte die gelben Stiefeletten gegen braune Hauspuschen. Bis er Pavlos im Hausflur in Empfang nahm, hatte er sich wieder in den unauffälligen Valentin Plau verwandelt.

»Mann, Altes, was gibt es denn so Wichtiges?« Pavlos war unübersehbar genervt. »Wegen dir ist meine Süße auf halbem Weg abgedampft.«

»Häh?«

»Mein Stullchen … meine Lu!«

»Wer?« Valentin kapierte nicht gleich.

»Louise! Als sie erkannt hat, wo es hingeht, ist die glatt umgedreht. Kann ich verstehen. Sie meint, du hättest sie um ein Haar abgemurkst, und ihr Holli hat auch 'ne Menge Kratzer abgekriegt.«

»Ach-du-große-Kacke, du bist mit Stulle Mauser zusammen?!«, stöhnte Valentin, während er Pavlos nach unten bugsierte. »Sei froh, dass die weg ist. Mit der riskierst du deinen Ar…«, noch stand Daniel oben im Flur, »deinen Hintern«, flüsterte er leise. »Die macht Hackfleisch aus dir, rammt dich ungebremst in die Gruft, ohne Sarg und Deckel, da zuckt die nicht mal mit der Wimper!«

»Aha, verstehe.« Pavlos verdrehte die Augen und tippte sich an die Stirn. »Wie 'n zermanschter Gruftie siehst du gar nicht aus. Sie hat mir alles von eurem Frontalcrash erzählt. Aus ihrem süßen Mund klang das ganz anders. Voll umgekehrt, eben. Hey, du spinnst, Altes, die ist der Oberhammer. Eine Knallerfrau!«

»Sag ich doch: lebensgefährlich. Nenn mich Val! Bitte, gewöhn dich dran. Zumindest hier unten in meinem Studio.«

»Was denn für ein Studio? Nix da, Dicker … äh, Val, … mein Stullchen ist eine echte Lebensretterin. Manche nennen sie nur noch ›Doc Mauser‹.«

Valentin prustete so heftig, dass sich Pavlos mit einem Hechtsprung Richtung Waschkeller vor dem Sprühnebel aus Spucke in Sicherheit bringen musste.

»Die ist zusammen mit mir nach Emil getaucht und hat ihn vor dem Ertrinken gerettet. Die kann sogar Mund-zu-Mund-Beatmung! Hat aber nichts gebracht. Unser Klassenprinz war fast hin. Vorher hat er sie noch voll gedisst, der Blödmann, von wegen dicker Hintern und so, und mich auch. Und alle haben's mitgekriegt«, erklärte Pavlos. Er blieb nun außerhalb des Sprühradius, falls Valentin wieder prusten würde.

Kurz stoppten beide im gelblichen Licht der Deckenlampe.

»Wie, Emil ›hin‹? Wovon sprichst du?«

»Mausetot, Dicker! Erledigt, liquidiert, entleibt, *dead*, was gibt's daran falsch zu verstehen? Krass, oder? Er hat wohl einen Herzfehler, das wusste nur bis jetzt keiner. Emil ist beim Schwimmen fast ertrunken. Mein Stullchen und ich haben ihn zurück auf den blauen Planeten geholt. Ach, Dicker, ich liebe sie!«

In diesem Moment trudelte *LAZ*s Antwort ein. Valentin öffnete die Tür zum Hobbykeller, ein blauer Lichtstrahl huschte über sein Gesicht, während er las:

Danke für deine Nachricht! MegaHerzklopf und Super-Freu! Lieber MARSMAN1, darf ich Sehnsucht haben, auch wenn ich dich noch gar nicht richtig kenne? Ich spüre es auch, du bist ganz nah bei mir! Aber wo kann ich dich finden? Meine Gefühle tanzen wie wild, ich glaube, ich mache gerade einen Riesenfehler!!!! Was soll ich nur tun? Nudel (Smiley) und Schmusekuss.

Deine LAZ

Ohne dass Pavlos es mitbekam, seufzte Valentin auf vor Glück. Aber welchen Riesenfehler meinte sie?

»Was geht denn hier ab?« Pavlos riss die Augen auf. »Coole Lampen, V…Val.« Dann entdeckte er den schrankgroßen Videorekorder. »Kann man in dem Ding Souvlaki grillen? Oder Sardinen frittieren?«

Vorsichtig zog Valentin den Hoodie und die Jogginghose aus. Das faltenfreie Satinhemd und die weiße Hose kamen wieder zum Vorschein. Anschließend schlüpfte er zurück in die gelben Tanzstiefel. Zum ersten Mal an diesem Nachmittag schwieg sein Freund Pavlos.

»Darf ich vorstellen?« Valentin postierte sich breitbeinig vor ihn. »Hier unten bin ich Val P! Kapiert?«

»Kapiert«, hauchte Pavlos an der Grenze zur Sprachlosigkeit.

Während Valentin die Manschettenknöpfe anlegte, genoss er Pavlos' gebannte Blicke. Er fuhr mit einem froschgrünen Kamm in Form eines Walfisches – ein weiteres Relikt aus Daniels Alukisten – durch Uschis Wunderwerk, bis auch das letzte Haar wieder an seinem Platz lag. Zur Sicherheit fixierte er das Ganze mit einer ausgiebigen Ladung

Haarspray, von der Pavlos umgehend einen Hustenanfall bekam. Dann trat er vor die Spiegeltüren. Der Hosenschlag wippte luftig über den Stiefeln, doch ab Kniehöhe lag der Stoff eng an. Vorne drückte und zwickte es, hinten drängte es ein wenig zu tief zwischen seine Pobacken, aber er gewöhnte sich langsam an den körperbetonten Schnitt einer längst vergangenen Mode. Pavlos starrte auf das, was sich hinter Valentins Reißverschluss reliefartig abzeichnete und rutschte unruhig hin und her – der Korbsessel unter ihm knirschte bedrohlich.

»Mach den Mund zu, du lüllst!«, bemerkte Valentin und bewunderte nebenbei sein Spiegelbild. Die Verwandlung war komplett. Einer der rotierenden Discospots fuhr über das Glas, aus dem ihm dieser Val selbstbewusst und siegessicher entgegenblickte, ohne das kleinste bisschen Lampenfieber in den Augen. Doch weder Valentin noch Val waren es gewohnt, im Rampenlicht zu stehen, schon gar nicht mit einer irrwitzigen Tanznummer in Discoklamotten. Bis vor zwei Wochen hatte jeder Gang zur Schultafel schwerste Verspannungen ausgelöst. Ganz allein vor der Klasse zu stehen, erzeugte zudem wahre Sturzbäche an Schweiß, zitterige Hände und brüllendes Ohrensausen, es war immer der reinste Horrorfilm. Mädchen, die kichernd seinen Körper begutachteten, und Jungs, die schadenfroh grinsten, weil sie nicht so dick waren wie er.

Val zwinkerte Valentin lässig im Spiegel zu und hob siegesgewiss einen Arm. Von hier war nicht mal ein fieser Schweißring zu sehen. Woher kam plötzlich all der Mut? Das Licht wanderte weiter und nahm die Erinnerung an den verunsicherten Valentin von einst einfach mit sich.

Inzwischen hatte er die heißesten Discosongs von den Videokassetten auf seinem Handy abgespeichert, das sich automatisch *wireless* mit dem brandneuen Soundsystem verbunden hatte. Das Gerät war heute mit der Post gekommen, jetzt musste es zeigen, was in ihm steckte. Doch halt! Ein wichtiges Detail fehlte noch. Valentin zog ein breites Pappschild hinter den Spiegeltüren hervor und stellte es ganz oben auf die hochgeklappte Tischtennisplatte. Mit Glitzerbuchstaben hatte er den neuen Namen des Hobbykellers darauf geklebt: *Vals Disco-Studio P.*

Zu dick

Louise zuckelte so gemächlich Richtung Monte Scherbelino, dass ihr Rad beinahe umfiel. Aber sie brauchte Zeit zum Nachdenken und wollte gleichzeitig das Fony im Blick behalten. Abgesehen von ihrer Kinderschaukel konnte sie beides nirgends besser als auf ihrem Holli. Nein, sie liebte diesen Pavlos nicht. Okay, er war nett und schlau und hatte das Zeug zu einem Helden. Als es mit Emil wirklich um alles ging, da war er zur Stelle; Seite an Seite hatten sie um das Leben dieser fiesen Gräte gekämpft. Ein Dankeschön von Emil oder seinen Eltern war bislang weder bei ihr noch bei Pavlos eingetroffen. Dafür hatte sich Emils Foto von ihren Pos verbreitet, ganz genau so, wie Louise es befürchtet hatte. Logisch, da alle den Trick mit dem Screenshot beherrschten. Ein Foto im Internet war unvergänglich, auch in tausend Jahren würde es noch auf irgendeinem Server schlummern und wieder aufgerufen werden können, von jedem, der ein Pärchen dicker Hintern sehen wollte. Schon der Gedanke an das peinliche Bild verursachte Louise Übelkeit und ein fieses Grummeln in den Eingeweiden. Und Emil hatte es tatsächlich auch an sie und Pavlos geschickt. Ob mit Absicht oder aus Versehen würde sie wohl niemals erfahren. Pavlos hatte Emils Unverschämtheit mit einer einzigen Handbewegung fortgewischt, als ginge ihn das nichts an. Hatte er sich an die Lästereien über seine Figur gewöhnt? War das überhaupt möglich? Jedenfalls ließ er sich nichts anmerken, wofür sie ihn sehr bewunderte. Dieser lustige Kerl war einfach nicht kleinzukriegen. Wahrscheinlich war sie deshalb so gern in seiner Nähe. Bis vor Kurzem hatte sie sich so wohl und sicher in ihrer Haut gefühlt wie er, einfach unbesiegbar. Doch seit der *Spläsh!*-Party lagen die Dinge anders. Schlagartig war ihr klar geworden, dass sie nicht dazugehörte; die Mitschüler waren nur gekommen, um einen Nachmittag in der coolen Schwimmhalle abzuhängen. Keiner hatte sich Mühe gegeben, ihr etwas Persönliches zu schenken oder wenigstens etwas Nettes zu sagen – in ihrem eigenen Zuhause war sie belächelt und verspottet worden.

Mit Schaudern erinnerte sich Louise an die schwarze Gewitterwolke über dem Haus. Als der finstere Nebel weitergezogen war, hatte er ihr Selbstbewusstsein einfach mitgeschleift. Und ihre Fröhlichkeit. Nur *MARSMAN1* vermochte noch ein kurzes Strahlen in ihre Augen zu zaubern, aber auch die Nachrichten im Schnuppen-Chat erschienen ihr mit einem Mal wie ein falsches Versprechen. Aus der Ferne mochte dieser nette Sternengucker mit dem kraftvollen Namen »seine liebe *LAZ*« ja anhimmeln und »ächt« spannend finden. Doch was würde er zu dem Po-Foto sagen? Um ihren Bauch, ihre Beine und den Rest war es nicht besser bestellt. Bei dem Anblick würde *MARSMAN1* sein Raumschiff ganz bestimmt heimwärts lenken, um sich eine schlankere MARSLADY zu suchen. Seit ihrem Geburtstag machte sie sich nichts mehr vor: Niemand interessierte sich für sie. Den anderen war es egal, ob sie freundlich, offen und fröhlich war, ganz anders als die hochnäsige Linda-Ev. Die sahen alle nur eins: ihr Fett. Mit Ausnahme von Pavlos natürlich, aber der zählte nicht, weil er außerhalb des angesagten Kreises stand, genau wie sie. Wie war sie da hingeraten? Hatte sie etwa ihr ganzes Leben als Außenseiterin verbracht, ohne es zu merken? Mit jedem Tag schien es bedeutender zu werden, wie man aussah. Manche Mitschülerinnen verwandelten sich über Nacht in Prinzessinnen. Die Pickel waren verschwunden, die Haut straff und plötzlich irgendwie zum Anbeißen. Wie Schmetterlinge hatten sie die Puppen der Kindheit abgestreift. Alles schien nun möglich für sie, und das ließen die Glückspilze diejenigen spüren, bei denen diese Wandlung weiterhin auf sich warten ließ. Aber welche Sorte Schmetterling würde sie selbst sein, falls die Natur sie nicht ganz vergessen hatte? Ein dicker Falter? Wohl eher eine Hummel. Die konnten fliegen, auch wenn es allen Naturgesetzen widersprach. Wäre ja noch schöner, wenn alle Mädchen gleich wären. Alle waren etwas Besonderes, jede auf ihre Art. Sie selbst auch, oder? Leider hatte sie diese Gewissheit verloren.

Louise schaute in den Himmel und hoffte auf Abkühlung, doch da waren keine Wolken. Ein übler Geruch biss in ihrer Nase – der Monte Scherbelino blinkte frech in der Nachmittagssonne. Sie zahlten einen hohen Preis für das prachtvolle Haus, die Schwimmhalle und das teure Auto, aber in diesem Punkt war ihr Vater eisern. »Dem Hof haben wir das Geld zu verdanken«, sagte er immer, »und dem Hof bleiben wir jetzt auch treu.« Auch da kann er nicht aus seiner alten Bauernhaut, dachte Louise. Als sie ihr Rad durch das schmiedeeiserne Tor lenkte, kam Werner ihr in seinem Auto entgegen und sie winkten sich zu. Eine weitere Ratssitzung wartete auf den Bürgermeister. Sie waren nun eine wichtige Familie, alle grüßten die Mausers, viele schleimten sich regelrecht bei ihnen ein, um ihre Ideen und Pläne in der Gemeinde voranzubringen. Und sie waren reich. Eigentlich brauchte Louise nur mit dem Finger zu schnippen, damit ihre Wünsche erfüllt wurden, doch plötzlich zählte nichts mehr davon. Wie bei einer Mathegleichung gab es unten einen Strich, und dort stand das Ergebnis all ihrer Gefühle und Gedanken: *Ich bin zu dick, so geht es nicht mehr weiter.*

Sie schob das Rad gleich ums Haus und verschwand im Paradies. Während die Sonne langsam über den Stinkeberg wanderte, saß sie in ihrer Kinderschaukel und dachte nach: *Was ist denn ein Schmetterling, bevor er zum Schmetterling wird? Eine dicke, hässliche Raupe, genau wie ich. Die Raupe verkriecht sich in einen Kokon, dort wartet sie auf ihre Verwandlung. Und wenn sie wieder hervorkommt, ist sie perfekt und wunderschön. Kann ich mich nicht auch eine Weile verkriechen – bis ich fliegen kann? Aber wo könnte das sein, in Australien? Und was, wenn die Natur mich komplett im Stich lässt ... wenn ich niemals ein Schmetterling werde?*

So gingen ihre Gedanken eine Weile im Kreis, bis Louise grimmig von ihrer Schaukel rutschte.

»Was glotzt ihr denn so blöde?«, schleuderte sie den nackten Griechen entgegen. »Ich kann auch schön sein, wenn ich will, ihr werdet schon sehen!« Ihr Entschluss stand fest: Sie würde der Natur mal ordentlich in den Hintern treten.

Pavlos, die Discokugel

»Zieh dir das rein!« Mit gleitenden Schritten groovte Valentin auf seinen einzigen Freund zu, der noch immer gebannt im Korbsessel in der Ecke von *Vals Disco-Studio P* saß.

Pavlos schluckte, denn dieser irre gestylte Typ in polierten Stiefeln hatte offensichtlich den Verstand verloren. Der Zusammenstoß mit Stullchen, vermutete er, war nicht ohne Folgen geblieben, und die waren dramatisch. Valentins Hemd war zu einem tiefen V geöffnet, auf der glatten Brust flog ein goldenes Herzkettchen umher. Ein Doppelherz, dabei hatte er mit Mädchen so viel Erfahrung wie mit Leistungssport. Pavlos fiel es schwer, nicht laut loszulachen. Doch er riss sich zusammen, drückte sich aus dem Sessel, aktivierte die Videofunktion seines Handys und hielt drauf. Seine Hand zitterte nur leicht, ohne Hektik wanderte er umher, sein Arm glich einem Kamerastativ. Nichts von dem Wahnsinn, den dieser Val P in diesem Augenblick abzog, sollte der Welt verloren gehen. Vielleicht konnte Pavlos das Video später dem behandelnden Arzt in der Psychiatrie zur Verfügung stellen, denn dort würde sein Freund sicher bald landen.

Valentin hingegen nahm zufrieden zur Kenntnis, dass das Soundsystem bestens funktionierte – jetzt noch den Bass-Booster zuschalten und mit herzlichen Grüßen an den Ohrenarzt die Lautstärke rauf.

»*Du solltest tanzen, yeah!*«, krächzte die dünne Stimme des Sängers auf Englisch. Die Bassdrum ließ das Gestänge der hochgeklappten Tischtennisplatte vibrieren, der Bass rollte. Und auch der Dschinn war schon hellwach. Seit einigen Tagen teilten sich Valentin und der unsichtbare Tanzgeist den gleichen Körper. Nur noch selten musste der Dschinn den Takt vorgeben, meist ahnte Valentin, was der Geist vorhatte, und es gab nur noch wenige Schritte, die er nicht beherrschte. Mit einem Seitenblick kontrollierte er, ob Pavlos auch wirklich filmte, dann schaltete Valentin einen Gang hoch, klatschte viermal in die Hände und startete den Schulterroller. Gleich darauf ließ er eine 180-Grad-Drehung mit ausgestrecktem Finger folgen, wobei er die Augen starr geradeaus hielt, um die Spannung noch zu steigern. Alle sollten wissen, dass es jetzt richtig losging, auch wenn er und Pavlos allein im Keller waren. Den Rest der Welt stellte Valentin sich hinter der winzigen Linse des Handys vor – unzählige Augen, die ihm staunend folgten. Er sprang ein paarmal hin und her, dann schlug er abwechselnd mit den Handflächen unter seine Schuhe und tat so, als verbrenne er sich dabei die Finger. *Autsch*, sollte das heißen, *meine Sohlen glühen!*

Der Refrain des Liedes begann, und er präsentierte die *Kung-Fu-Moves:* Bewegungsabläufe, die er besonders intensiv geprobt hatte. Die Hände zu Kanten geformt, schwang er die Arme zur Seite, nach oben und runter zum Boden und zerschlug unsichtbare Bretter, natürlich im Takt und mit tanzenden Füßen. Die nächste Strophe überbrückte Valentin mit einem forschen Rundgang durch den Hobbykeller, wobei er die vielen Zuschauer abklatschte, die es nur in seiner Vorstellung gab. Als er auf Pavlos zusteuerte, zwinkerte er lächelnd in die Linse. Diesen Moment schien der Dschinn zu nutzen, um seinen Körper zu verlassen. Valentin spürte deutlich, dass er nun ganz auf sich gestellt war. Doch er war bereit – ab sofort brauchte er keine Unterstützung mehr. Der Tanzgeist konnte sich ein neues Opfer suchen, was dieser offenbar schon getan hatte, denn gleichzeitig ging mit Pavlos eine seltsame Verwandlung vor. Zufrieden beobachtete Valentin, wie sein Freund mit dem Fuß zu wippen begann. Sekunden später war der Dschinn über die Knie auch schon in Pavlos' Hüften gefahren. Bei jedem Schlag der Bassdrum schwang er seinen breiten Hintern in der schwarzen Trainingshose zur Seite.

Vorsichtig stellte Pavlos das Handy ins Regal gegenüber den Spiegeln – dann war er an Valentins Seite. Seine Schritte wirkten ungeschickt und noch etwas steif, doch der Rhythmus ließ auch ihm keine Wahl. Und durch den fetten Sound der Anlage schien die Kraft des Geistes nur noch gewachsen zu sein. So gut es ging, folgte Pavlos den Bewegungen, die Valentin ihm vortanzte, doch plötzlich zwang ihn der Dschinn zu völlig verrückten Moves: Er warf die Beine in die Luft, höher, als es ihm je im Sportunterricht gelungen war. Dann rotierten seine Arme windmühlengleich vor seinem Bauch und griffen anschließend in die Luft, als gebe es dort kandierte Äpfel zu pflücken. Auf Pavlos' Gesicht hatte sich längst ein stolzes Grinsen breitgemacht. Außer Sirtaki, diesem albernen griechischen Volkstanz, zu dem ihn sein Vater bei jeder Familienfeier nötigte, hatte er noch nie getanzt. Und jetzt ließ er begeistert die Hüften kreisen. »*I feel like dancing, yeah!*«, kreischte er spitz.

Den dritten Refrain begleiteten beide Tänzer mit vielen kräftezehrenden *Kung-Fu-Moves*. Die Luft drohte ihnen auszugehen, doch die letzten Takte verlangten noch einmal nach einem großen Finale. Nebeneinander tänzelten sie zurück, bis ihre Rücken das Glas der Spiegel berührten, dann nahmen sie kurz Anlauf und rutschten auf den Knien Richtung Handy. Als die Musik verstummte, zerriss ein krachendes Geräusch die Stille. Gleich gefolgt von einem zweiten Ratsch. Die Nähte ihrer Hosen waren geborsten. Die Welt hinter der Linse würde freien Blick auf ihre Unterhosen haben.

Nach einem kurzen, erschrockenen Blick zwischen seine Beine hatte Pavlos eine Idee. Er rollte zur Seite und hockte sich schnaufend an die Wand. »Den Schluss schneide ich raus, Altes, ich meine natürlich, Val! Ist ja nicht live.«

»Wie gut«, ächzte Valentin zwischen zwei Atemzügen, »dass ich noch mehr Hosen habe.«

Während Pavlos den Film auf dem Handy musterte, fragte er: »Sag mal, Val, kannst du das noch mal machen? Dann hätte ich genug Material, um was Tolles zusammenzuschneiden.«

Zehn Minuten und einige Erfrischungsgetränke später startete Valentin zum zweiten Mal seine Tanzshow. Pavlos hielt alles fest und schob am Ende das Handy sorgsam in seinen Rucksack wie einen wertvollen Schatz.

Da bemerkte Valentin Getuschel an der Tür – und erstarrte. Melanie und Daniel! »Seit wann lauscht ihr da?«

Hatten sie etwa alles gesehen? Eine Sekunde lang wollte er zu Spiderman in einen dunklen Winkel kriechen, doch dann zerplatzte das peinliche Gefühl wie eine Blase. Nur für die zerrissene Hose schämte er sich. »Äh, das tut mir leid.« Er zeigte auf den Riss, der von vorn bis zum Po reichte.

Daniel wischte das beiseite. »Mensch, Valentin, du hast es auch drauf. Ich dachte, ich sei der einzige Tänzer in der Familie. Die Hose wird repariert, halb so schlimm!« Dann sah er sich mit leuchtenden Augen im Hobbykeller um. »Da machen wir was draus. Was haltet ihr von einer echten Kellerdisse mit cooler Beleuchtung, Nebel und einer riesigen Discokugel?«

»Im Moment fühl *ich* mich eher wie 'ne Discokugel«, antwortete Pavlos schnaufend. »Für dieses irre Gehopse ist mein Körper einfach nicht gemacht. Seht euch nur meine Hose an, ich dachte, die wäre reißfest!«

»Ihr seid einfach nicht fit genug, weil ihr zu wenig Bohnen esst«, lästerte Melanie. »Etwas mehr Bewegung kann euch nicht schaden.« Sie warf sich in Positur und äffte den Sänger nach: »Ihr solltet tanzen, yeah!« Dann warf sie einen skeptischen Blick auf die neue Frisur ihres Sohnes. »Und ich sollte mal ein ernstes Wort mit Uschi reden. Dafür zerre ich sie vor Gericht!«

T-Dabbelju und das schwarze Brett

Der weite Schlag der Hose ließ etwas Kühlung zu. Das halb offene Hemd flatterte auf seiner nackten Brust, die Herzkette tanzte munter bei jeder Bodenwelle. Zufrieden lächelte Valentin seinem ersten Schultag als Val P entgegen und trat kräftig in die Pedale. Das Rad war repariert, nur der Lack war ab. Leider rutschten die glatten Stiefeletten beim Treten unsicher hin und her, er würde sehr vorsichtig absteigen müssen. Dafür saß Uschis Meisterwerk fast unbeweglich auf seinem Kopf wie eine Krone.

Wie so oft, war er zu spät, der Unterricht hatte längst begonnen. Fest eingeplant hatte Valentin eine ganze Lawine an Spott und Gelächter, die über ihn niederprasseln würde, sobald er den Klassenraum betrat. Klar, was die Leute nicht kennen, finden sie erst mal daneben und lehnen sich auf, das war ein Naturgesetz. Darüber setzten sich nur ganz besondere Persönlichkeiten mit Spezialbegabungen hinweg. Dennoch sah er all dem sorglos entgegen, schließlich war er seit Kurzem *auch* eine besondere Persönlichkeit, die ordentlich was draufhatte. Und war es nicht den meisten Genies erst mal an den Kragen gegangen, bevor die Welt ihre Leistungen anerkannt hatte? Er musste nur darauf achten, dass die Frotzeleien und Beleidigungen so butterweich an ihm abglitten wie Uschis Beschwörungen, dann war er weiterhin safe. Und diese Stulle Mauser würde er einfach übersehen, ihr bloß nicht zu nahe kommen. Die Folgen ihrer Bekanntschaft hatte er ja am eigenen Leib erlitten. Doch ihre Attacke hatte seinem Leben auch eine neue Richtung gegeben, das konnte er nicht leugnen. Was genau mit ihm geschehen war an diesem kochend heißen Samstagmittag, lag irgendwie im Dunkeln. Weder Angst noch Selbstzweifel waren seit dem Unfall zu ihm durchgedrungen, prallten einfach ab an einem Schild aus guter Laune, Mut und Hoffnung. Sein Lächeln glich einem Lichtschwert, mit dem er durch die miese Laune seiner Mitmenschen glitt wie durch heiße Butter. Sollte er der wuchtigen Tochter des Bürgermeisters sogar dankbar sein? Um Himmels willen, nein! Stulle Mauser war keine gute Fee mit magischen Kräften, so viel stand fest. Er hatte ganz einfach die perfekte Welle erwischt und er würde sie reiten, solange es nur ging. Vielleicht konnte er ja auch noch ein paar neue Freunde mit aufs Brett holen, um sie an seinem Glück teilhaben zu lassen!

Stulle starrte ihn blass von ihrem Platz aus an. Stumm, mit weit offenem Mund, genau wie alle anderen.

»Hey, Leute, hübsche Füllungen habt ihr!« Valentin nickte dem Lehrer zu und schlenderte schwungvoll zu seinem Tisch. »Sorry, Herr Tornesch-Werstpohl.«

Schnell räumte Pavlos seinen Rucksack vom Nebenstuhl und zwinkerte verschwörerisch. Die Blicke der anderen klebten noch immer wie Kaugummi an dem bunten Outfit und Valentins frisch geföhnter Frisur. Ehe er sich setzte, zog er den grünen Kamm hervor, glitt links und rechts über die

Ohren und den Scheitel und legte den Plastikwal vor sich auf den Tisch.

»Guten Morgen, Mr Valentin Schlafmütze-Plau«, kommentierte T-Dabbelju die Unterbrechung herablassend. Über seinem blauen Poloshirt schulterte er wie üblich einen gelben Pulli. Rund ums Jahr war er gekleidet, als erwarte er jederzeit, von einem Freund zu einem Tennismatch abgeholt zu werden. Genervt hob er den braun gebrannten Arm und schaute auf seine Sportarmbanduhr. Dann notierte er etwas auf einen Zettel. Sicher war das die übervolle Auflistung aller Verspätungen, für die sich Valentin irgendwann vor dem Rektor verantworten musste. T-Dabbelju unterrichtete die Klasse auch in Mathe und Deutsch, da kam einiges an Stunden zusammen. Als der Lehrer aufschaute, zuckten seine Mundwinkel, nur mit Mühe unterdrückte er ein Lachen. »Du bist es doch, oder?«

»Wie man's nimmt.« Valentin blieb gelassen.

Einige Mitschüler kicherten, doch die meisten schwiegen weiterhin und glotzten nur. Die Verwandlung des schüchternen Klassenmops in diesen aufgebrezelten … – tja, das war das Problem: so recht wusste keiner, wen oder was Valentin eigentlich darstellte – war einfach zu überraschend gekommen.

»Du bist nicht nur zu spät, du hast dich sogar im Monat vertan.« T-Dabbelju konnte sich kaum noch zusammenreißen, gleich würde er losprusten. »Wie soll ich dich denn nennen, in dem Aufzug?«

Valentin ließ sich auf den Stuhl neben Pavlos gleiten. »Jaja, schon klar. Sie wollen jetzt den Witz mit Karneval reißen, Helau und Alaaf, Verkleidung und so, November bis Aschermittwoch, lassen Sie mal, ich weiß schon, was ich tue.«

T-Dabbelju atmete laut aus, mit seinem frechen Spruch hatte Valentin ihm die Luft abgelassen. Der Pulli glitt dem Lehrer von den Schultern.

»Nennen Sie mich einfach Val P. Val mit Ä, Herr Tornesch-Werstpohl.«

Nun kicherte nur noch Pavlos.

Daniel hatte einmal behauptet, es gäbe eine Stille, die brüllend laut sei. Damals hatte Valentin keinen Schimmer gehabt, was sein Vater damit gemeint hatte. Nun wusste er es: Es blieb ruhig, niemand bewarf ihn mit Papierkugeln oder sonst was, keine Beleidigungen, keine dummen Sprüche. Die Luft flirrte – nicht nur von der Hitze –, eine seltsame Anspannung erfüllte den Raum.

Zum ersten Mal in seiner Schullaufbahn stand Valentin im Mittelpunkt. *Warum hat niemand gelacht,* wunderte er sich, das war äußerst seltsam. War der Schock etwa zu groß? Vielleicht lag es auch an Emil, der ungewöhnlich blass und still aus seinem Abercrombie-V-Neck-Shirt schaute. Er war der Leader, die anderen seine Follower, auf ihn achtete jeder. Was er lustig fand, war es wert, belacht zu werden – schwieg er, so wie jetzt, hielten auch alle anderen die Klappe, ausgenommen Stulle und Pavlos. Stulle war mit ihren Gedanken nicht in der Schule, das hatte Valentin aus den Augenwinkeln festgestellt, die kaute finster den Lack von ihrem teuren Kugelschreiber. Und Pavlos interessierte sich sowieso nicht die Bohne für Emil. Aber warum übernahm der Klassenprinz heute nicht die Führung? Wie immer saß Linda-Ev dicht neben Emil, unter dem Tisch lag ihre Hand tröstend auf seinem Knie. Valentin hatte sie so oft verstohlen beobachtet, dass er ihr glattes Gesicht in- und auswendig kannte. Doch der Ausdruck, den sie heute zur Schau trug, war neu – Valentin diagnostizierte eine Mischung aus gut gespielter Sorge und echtem Besitzerstolz. Als wäre Emil dem Tode geweiht und sie seine einzige Vertraute. Klar, mit so einem Herzfehler war nicht zu spaßen, das wusste Valentin von Melanie. Und dass ausgerechnet Stulle und Pavlos, die dicken Klassenfreaks, ihn vor dem Ertrinken gerettet hatten, war für den tollen Emil sicher schwer zu verkraften. Da hatte er doch tatsächlich fast den silbernen Löffel wieder abgeben müssen, mit dem er auf die Welt gekommen war. Aber inzwischen bestand wohl kaum noch Lebensgefahr. Wie Linda-Ev jetzt auf die Tragiktube drückte, war reichlich übertrieben, fand Valentin. Nun fuhr sie dem Patienten auch noch mitleidend durch sein perfektes Blondhaar! Emil zuckte dabei mit keiner Wimper. Es musste ziemlich einsam sein, so hoch oben auf dem Treppchen der Reichen und Schönen.

Plötzlich drehte Linda-Ev den Kopf und schaute Valentin direkt ins Gesicht. Zum allerersten Mal glitt ihr Blick nicht einfach über ihn hinweg, als wäre er ein besonders uninteressantes No-Name-Produkt im Supermarktregal. Blitzte nicht sogar eine Spur von Neugier in ihren Augen? Auf jeden Fall las Valentin dort eine ganze Liste an Fragen. Der Reihe nach:

Seit wann wagst du es, mich so anzustarren?

Wie kommst du bloß auf diesen Disco-Trip?

Wo findet man solche crazy Klamotten?

Wer hat deine Frisur auf dem Gewissen?

Wieso ist mir das nicht alles völlig egal, so wie sonst immer?

Der alte Valentin hätte ihrem Blick nicht lange standgehalten, Val P aber schaute ganz gelassen zurück – irgendwie schien es ihm jetzt nicht mehr so wichtig, was sie über ihn dachte.

Wenn du ein bisschen weniger eingebildet wärst, könnten wir das alles bei einer Cola besprechen, versuchte er stumm zu antworten. *Wie wär's?* Fragend hob er eine Augenbraue.

Doch Linda-Ev zeigte kein Interesse. Eine feine Falte erschien über ihrer Nasenwurzel, so als ob sie gerade einen ekligen Fleck auf seinem T-Shirt entdeckt hätte. Dann drehte sie sich wieder nach vorne zur Tafel, wo T-Dabbelju gerade quietschend die schlanke Silhouette irgendeines Landes an der Tafel skizzierte – sein übliches Länderquiz gegen Ende der Geografiestunde.

»Na, wer erkennt diese schöne Gegend? Nicht einfach, was? Ein paar Vorschläge, die Herrschaften?«

»Chile. Zigarettenpause, Herr Tornesch-Werstpohl«, rief Valentin ungewohnt forsch, noch bevor der Lehrer sich zurückgelehnt hatte.

Tatsächlich klingelte es in dieser Sekunde zur kleinen Pause, einige sprangen auf, um sich kurz die Beine zu vertreten. Andere blieben tuschelnd an ihren Plätzen. Pavlos fischte sein Handy aus der Hosentasche und zischelte: »Achtzig Klicks!«

Doch Valentin schaltete nicht gleich.

»In zwei Stunden, Mann! Okay, das ist noch keine Bombe, aber die Lunte brennt schon.« Pavlos schaufelte mit der Hand etwas Luft herbei. »Ich kann es riechen.«

»Wie, was? Der Film ist online?« Valentin griff nach dem Handy.

Da war sie: die Aufnahme aus *Vals Disco-Studio P*! Pavlos hatte ganze Arbeit geleistet. Aus beiden Durchläufen hatte er die besten Stellen professionell zusammengefügt und den Song synchron darübergelegt. Nicht zum ersten Mal staunte Valentin über die verborgenen Talente seines Freundes. Der Name des Videos war fast so lang wie das Goldkettchen um seinen Hals: *Val P's Disco Inferno – The Next Generation!*

Nun waren es schon fünfundachtzig Klicks auf YouTube, auch wenn es bisher noch keine Kommentare gab. Valentin reichte seinem Freund wieder das Handy.

Nachdem T-Dabbelju seine Tasche gepackt hatte, meldete er sich noch einmal durch das laute Durcheinander: »Bevor ich es vergesse ... jetzt hört doch mal zu! Heute Nacht ist wieder Sternschnuppenalarm. Das solltet ihr euch nicht entgehen lassen. Habt ihr auch alle die Sternschnuppen-App runtergeladen, die ich euch empfohlen habe? Aber geht nicht zu spät ins Bett.« Auf dem Weg zur Tür machte er einen Umweg über Valentins Tisch. »Ist alles klar bei dir?«

»Sonnenklar, danke der Nachfrage«, antwortete Valentin mit seinem strahlenden Lichtschwertlächeln. Er roch den kalten Rauch in T-Dabbeljus Klamotten. »Nennen Sie mich Val P, so heiß ich ...«

»Lass jetzt gut sein«, fiel ihm Pavlos ins Wort. Er wollte den Lehrer so schnell wie möglich loswerden, das war unübersehbar. Winkend schaute er links und rechts an T-Dabbelju vorbei, doch Louise verließ den Klassenraum mit gesenktem Blick.

»Stullchen – was hat sie denn?«, flüsterte Pavlos. »Sie liebt mich nicht mehr.«

Kopfschüttelnd und in seiner Jacke nach den Zigaretten tastend lief der Lehrer davon.

So kannte Valentin seinen Freund gar nicht. Er wollte ihn nicht kränken, aber nun war er es, der ein Grinsen nur schwer unterdrücken konnte.

»Das tut mir voll leid, Alter«, log er. »Sieh es mal so: Mich hat sie fast ins Grab befördert. Früher oder später hätte sie auch dich erledigt, glaub's mir, du bist ein Glückspilz! Das ist Schicksal, es ist besser so.«

»Jetzt halt mal die Luft an!« Pavlos richtete sich auf. »Vielleicht hast *du* sie ja auch umgefahren. Hast du die Sache mal von der Seite betrachtet?« Dann ließ er den Kopf wieder hängen. »Lu hat bestimmt einen anderen«, sagte er seufzend. »Manchmal schreibt sie heimlich Nachrichten. Dabei lächelt sie immer so komisch.«

Valentin nutzte Pavlos' Anfall von Eifersucht und Verzweiflung, um erneut auf YouTube zu linsen. 118 Klicks, das war verrückt. Und inzwischen gab es die ersten Kommentare:

DingDong63: Der Typ hat komplett einen an der Haarmütze! Voll daneben. Prust! Aber seit ein paar Minuten spring ich wie ein Gummiball herum. Was ist da los? Hilfe!

SpookyWookie: Whäm! Das haut rein! Das Outfit bringt's voll. Wir sollten tanzen wie dieser dicke Freak! Alle! Yeah!

Das war nicht nett, aber Valentin hatte schon stärkeren Tobak ertragen müssen. Außerdem waren es nun bereits 144 Klicks, er las weiter.

DenizRockt: Turbo Whäääm! Bin dabei. Auf die Knie vor diesem Disco-Whopper! Der Typ ist 'ne Granate. Val P rockt! Der Zünder ist raus, bei mir auch. Wie macht er diesen Schulterroller??? Krass fat!!!!

Valentin kratzte sich die Stirn. 191 Klicks – da ging was!

»Nimm dein eigenes Handy.« Pavlos schnappte sich sein Telefon und schlich davon wie ein Hund ohne Heim. Während der sich anschließenden Deutschdoppelstunde blieb sein Platz einfach leer.

Als Valentin pfeifend zur großen Pause durch die Flure schlenderte, hatten schon 467 Leute seinen Tanz im Hobbykeller gesehen. Zufrieden angelte er einen Zettel aus seinem Rucksack und heftete ihn gut sichtbar in die Mitte der runden Informationswand, die im Lichthof, kurz vor der Eingangshalle, hing. Fast alle Schüler mussten hier durch. Knapp darüber befestigte Valentin eine Spiegelkugel von der Größe eines Pingpongballs. In seinem Rücken huschten jüngere Schüler umher und tuschelten über seine ungewöhnlichen Klamotten und Uschis Frise. Ein letztes Mal kontrollierte er den Text und beglückwünschte sich zu der Idee, die Einladung auch noch mit einer winzigen, blinkenden Lichterkette zu schmücken.

Wer hat Lust, mit mir in **Vals Disco-Studio P**
zu tanzen?
Ich zeige euch total crazy Moves, versprochen!
Zusammen schmieden wir eine irre Choreo
zu fetter Discomucke, bin für jede Idee offen.
Schaut doch mal bei YouTube unter:

Val P's Disco Inferno – The Next Generation!

Wenn euch das gefällt, meldet euch
bei Val P in der 7b
(fragt nach Valentin Plau).

WIR SOLLTEN TANZEN, YEAH!

Freudig gespannt zog er sich zurück. Wer würde sich auf die Anzeige melden? Und wie viele? Als die jungen Schüler den beleuchteten Zettel und die kleine Kugel entdeckten, bildete sich sofort eine neugierige Traube. Valentin postierte sich schräg gegenüber, hinter dem steinernen Denkmal eines Mannes, der in einer Tonne lag. Stulles Vater, Bürgermeister Mauser, hatte die Skulptur der Schule gestiftet, zum Andenken an den antiken griechischen Philosophen Diogenes, der sein bescheidenes Leben in einer Tonne verbracht hatte. Der »Eimersegler«, wie ihn die Schüler nannten, hatte einen Ehrenplatz vor der Panoramascheibe zum Pausenhof. Täglich fischte der Hausmeister fluchend Butterbrotpapiere aus der Tonne des berühmten Denkers. Die Schulglocke beendete die große Pause, ohne dass Valentin seinen Standort verlassen hatte, und es dauerte nicht lange, bis auch die älteren Schüler die seltsame Nachricht am schwarzen Brett entdeckten. Schon suchten einige auf YouTube nach Val Ps Video. Ein paar Mädchen hielten sich staunend die Hände vor den Mund, andere kreischten, und die ganz mutigen probierten sich umgehend an Valentins Moves. Dann trat Burt vor die Wand und las. Ohne lang zu zögern, riss er die Lichterkette ab, nahm auch die kleine Spiegelkugel an sich und wirbelte so lange damit über seinem Kopf, bis sie in hohem Bogen davonflog, ausgerechnet in Valentins Richtung. Sie prallte splitternd von Diogenes' Brust ab und landete in dessen Tonne, gleich gefolgt von der zusammengeknüllten Einladung. Achselzuckend sammelte Burt seine Kumpel ein und verschwand in den Trakt der Siebtklässler. Damit hatte Valentin nicht gerechnet. Auch wenn die kleine Installation nicht mehr als drei Euro auf Ebay gekostet hatte, spürte er einen Stich beim Anblick der winzigen Glasscherben. Schulter an Schulter mit Diogenes fiel ihm ein Spruch ein, den er irgendwo aufgeschnappt hatte. *Der Prophet ist im eigenen Land nichts wert.* Vielleicht war das schon die Lösung. Er war der Disco-Prophet und Burt eben nur ein engstirniger Eingeborener. Draußen in der weiten Welt hatten schon fast 800 Interessierte sein Video angeklickt, was zählte da ein einziger fieser Mitschüler? Sein Lichtschwertlächeln kehrte zurück, dieser kleine Dämpfer konnte ihn nicht stoppen. Wo steckte nur Pavlos? Für gewöhnlich verbrachten sie die Pausen gemeinsam. Valentin schickte ihm eine Nachricht, ohne eine Antwort zu erhalten. Auch als es zum Unterricht läutete, blieb der Platz neben ihm leer.

Zwei Stunden später klatschte ihm Burt so fest auf den Rücken, dass die Ravioli von seinem Löffel in das volle Glas Cola flog. Es war Donnerstag, da stand auch immer was Italienisches auf der Karte der Schulkantine.

»Na, Val Pipi, plötzlich kein Disco-King mehr? Haste umgesattelt auf römischer Kaiser? Ein echter Brüller!«

Vor dem Essen hatte Valentin die Küchenhilfe um ein großes Tischtuch aus Papier gebeten und zu seiner Überraschung hatte sie ihm, ohne zu zögern, eins gegeben.

»Wär wirklich schade um das tolle Kostüm«, hatte sie gesagt und ihm dabei zugezwinkert.

Wie eine Toga lag die gigantische Serviette nun um seine Schultern, am Hals schloss sie dicht ab und endete erst über den gelben Stiefeletten. Die Tomatensoße hatte schon blutrote Flecken auf dem weißen Papier hinterlassen; der Klamottenschutz funktionierte also bestens.

»Salve, Burt, sei gegrüßt, alter Scherzkeks«, begrüßte Valentin den Fiesling und fischte die Ravioli aus seinem Getränk. »Witzig wie immer! Aber sag mal, du hast doch meinen Zettel an der Pinnwand gelesen, kommst du oder kneifst du?«

»Hallo? So einen Knüller lass ich mir doch nicht entgehen, oh, mein Kaiser, oh, Plauzius Maximus. Dicker, dich tanz ich aus deiner Disco-Arena!«, brüllte Burt so laut, dass jeder in der Kantine es hören konnte, und alle schauten her. Er zog die Minilichterkette aus der Tasche und drückte sie in Valentins Frisur wie einen Lorbeerkranz. Gleich darauf ließ er sich von seinen Kumpeln lautstark abfeiern.

Valentin überlegte, woran ihn Burts Brüller- und Knüller-Gelaber erinnerte, da entdeckte er Pavlos an der Essensausgabe. Kurz darauf stellte Pavlos das Tablett neben seines und trat an Burts Platz.

»Mein Vater Costas behauptet, die Dümmsten sind immer die Lautesten«, raunte er, »da könnte was dran sein.« Dann zog er Burt das Nasenfahrrad von den Ohren und tunkte es tief in dessen Mousse au Chocolat. »Jetzt weiß ich auch, warum du immer alles so scheiße findest, was andere Leute machen – du solltest mal das Braune von der Brille putzen, Knüllerboy.« Er beugte sich an Burts Ohr und knurrte: »Finger weg von Valentin, sonst tanzt du mit mir in der Arena, kapiert, Hirnus Minimus?«

Burt schwieg. Genau wie jeder andere wusste er, dass mit Pavlos schlecht Kirschen essen war, wenn es um dessen Freunde ging.

Vorsichtig zog Valentin die Lichterkette aus seinen Haaren. »Setz dich, Pav, die Nudeln werden kalt.« Er hatte schon befürchtet, dass Pavlos nach seinen flapsigen Sprüchen über Stulle Mauser nicht mehr zu ihm halten würde.

»Wie kannst du nur so ruhig bleiben bei dem Riesenarsch?«, fragte der ihn genervt.

»Ist doch egal, was der quatscht. Wo hast du gesteckt?«

Doch Pavlos winkte nur ab und stach mit der Gabel so heftig in seine Nudeln, dass der Teller quietschte.

Nur ein Foto, nur ein Po

Es war halb elf in der Nacht, soeben war *Val P's Disco Inferno – The Next Generation!* zum 11 243sten Mal aufgerufen worden.

Daumen rauf: 2098

Daumen runter: 354

Kommentare: 39

Die meisten wollten wissen: Wer ist dieser Val P? Und wo befindet sich das *Disco-Studio P*?

Da muss unbedingt ein Flashmob gestartet werden!, verlangte ein *Kante04*.

Einige erkundigten sich, wer ihnen diese seltsamen Tanzschritte beibringen konnte. Doch das Verrückteste war: Es gab die ersten Nachahmer:

Tino T. aus Spanien sprang vor einem selbst gebastelten Pappschild herum. *Disco-Studio T.* stand darauf.

Im *Disco-Studio A.* imitierte die kräftige Amelie aus Erlangen Valentins Moves.

Und der magere Rob aus Kanada hatte sich aus Solidarität mit Val P sogar ein Kissen unter sein Hemd gestopft. Am Ende seiner Performance brüllte er lachend in die Kamera: »*I'm your biggest fan, Val Peeeeeeee! The neeeeext generation is here!!!!*«

Valentin musste sich zwingen, YouTube endlich auszuschalten, denn es war höchste Zeit, die Sternschnuppen-

App und den Schnuppen-Chat zu starten. Genug für heute, klick und weg.

Er trug ein altes T-Shirt und ausgefranste Cargos. Nach der Schule hatte er geduscht und die Haare nur schnell trocken gerubbelt – kein Föhn, kein Haarspray. Gähnend machte er es sich auf dem vertrockneten Rasen gemütlich und schaute hinauf. Die Nacht war klar, die Sterne schienen komplett versammelt zur großen Meteoritenshow und plötzlich sah er sie: seine erste Schnuppe! Raketengleich raste sie mit langem Schweif und viel Glitter über dem Monte Scherbelino zur Erde herab. Ein funkelndes Spektakel »mit allem Drum und Dran«, so hätte Pavlos es sicher kommentiert. Valentin widmete ihm die Schnuppe und gab ihr auch gleich einen Namen: Funky Pav, das gefiel ihm.

»Bring ihm Glück, Funky«, beschwor er sie, »Pav hat's im Augenblick nötiger als ich. Du findest ihn im *Lipsi Grill*«, gab er der Schnuppe noch mit auf den Weg.

Bist du da, LAZ?, tippte er wenig später in den Chat unter private Nachrichten.

Gleichzeitig trudelten die üblichen Erfolgsmeldungen ein. *Urknall2004* war natürlich auch wieder unter den begeisterten Augenzeugen. Doch Luna-auf-Zack schwieg, stattdessen meldete sich Sisy schnurrend.

»Zieh Leine!«, vertrieb Valentin den Kater sanft, aber entschlossen. »Schlaf auf einem anderen Gesicht.«

LAZ? Darf ich dir was erzählen?, hakte er nach.

Und wieder raste eine Schnuppe herab, und gleich darauf Nummer drei und vier, als hätten sie sich abgesprochen zur großen Glimmersause.

Der übliche Beifall brandete auf – Jubel und Entdeckeransprüche von *SternenjägerAlpha*: *»Die letzte war meine, die benenne ich nach mir!«*

Im Privatchat war eine Nachricht aufgepoppt, fast hatte Valentin sie übersehen. Es war nur ein Wort: *Ja*.

Nanu, so schüchtern war *LAZ* doch sonst nicht! Er stutzte kurz, doch dann wollte er endlich sagen, was er sich vorgenommen hatte:

Weißt du, bis vor wenigen Tagen habe ich mich ganz schrecklich gefühlt. Da war ein Ring um mein Herz, der klemmte immer alles ab, ganz eng. Kennst du das? Ich dachte, der bleibt da für immer, aber das stimmt nicht. Jetzt ist der Ring plötzlich weg, ächt wahr. Vielleicht kommt er zurück, das wäre voll schrecklich. Ich glaube fest, dass du etwas damit zu tun hast, denn seit ich dich kenne, geht's mir viel besser. Deshalb möchte ich auch noch mehr von dir wissen.

Wow, sein erster Brief an ein Mädchen und seine Finger flogen über die Tasten!

Und dann wäre es ächt toll, wenn ich ein Bild von dir hätte, was meinst du? Ich kann dir ja auch was schicken. Im Moment sehe ich ganz gut aus, finde ich. Ich habe mich nämlich verändert, weißt du? Ich zucke nicht mehr zusammen, wenn ich vorm Spiegel stehe, und schließe nicht mehr die Augen, das fühlt sich super an. Wie geht es dir eigentlich? Fühlst du dich auch so wohl?

Er war noch nicht fertig, wollte Luna-auf-Zack eigentlich die nächste Schnuppe schenken, da tauchte eine weitere Nachricht von ihr auf. Sie hatte ihm ein Foto geschickt, ohne Kommentar. Valentin erkannte nicht gleich, was darauf zu sehen war, also klickte er es direkt an, um es zu vergrößern. Es war ein Po. Verwirrt musterte er sekundenlang das knappe Bikinihöschen und die runden Backen, die sich darin wölbten. Was wollte sie ihm damit sagen? Präsentierte sie ihm den Hintern, damit er sie zufriedenließ? Oder war es ein Symbol ihrer wachsenden Vertrautheit? Valentin war ratlos. Trotzdem gab er dem Foto einen schnellen Kuss und schrieb zurück:

Sehr hübsch! Liebe LAZ, ächt!

Dein MARSMAN1!

Ein Schwein mit Perücke

Valentin hörte den Krach schon von Weitem, die 7b tobte. Vor der Tür stand ein Grüppchen und warnte ihn: »Geh bloß nicht da rein!« Es waren die Netten, die nicht jeden Scheiß mitmachten.

Er öffnete die Tür nur einen Spalt und linste hinein: Die Klasse glich einem Irrenhaus. Wer noch nicht auf den Tischen tanzte, rollte Hüften und Arme zwischen den Stühlen. Aus sämtlichen Handys plärrte YouTube mit dem immer gleichen Video: *Val Ps Disco Inferno!* Mindestens zwanzig Bässe groovten durcheinander. Ebenso viele Gitarren und Keyboards spielten gegeneinander an, und die gleiche Zahl an Sängern johlte auf Englisch: *»Du solltest tanzen, Yeah!«*

Strophen übertönten Refrains, Chöre sabotierten Gitarrensolos und ein Heer aus Schlagzeugern feuerte wilde Beats ab. Mädchen wie Jungs tanzten wie entfesselt. Valentin machte sich nichts vor: Die waren nicht über Nacht zu seinen Fans geworden, die machten sich über ihn lustig. Manche schwenkten eingebildete Mikrofone vor den Mündern oder spielten Luftgitarre.

Als er den Klassenraum betrat, gaben seine Mitschüler richtig Gas – der Lärm wurde ohrenbetäubend. Während Valentin sich einen Weg durch die aufgedrehte Menge bahnte, boxte jemand gegen seine Schulter. Strähnen fielen über seine Ohren, er schob sie mit der Hand zurück, denn der Walfischkamm lag heute bei ihm zu Hause im Bad. Zum Glück war er noch immer gefeit gegen solche Gemeinheiten. Er erblickte Pavlos, der angespannt und sauer auf seinem Stuhl saß. Normalerweise hätte er Valentin gegen diese Mobber verteidigt, aber es waren einfach zu viele, entschuldigend hob er die Hände und winkte Valentin zu sich.

»Hey, Dicker!«, rief Keule, ein Schüler, der für seine wilden Hauereien bekannt war. Eigentlich hieß er Paul Dencker. »Wo haste *Val Pipi* gelassen, hat sich wohl eingeschifft, die Discoschwuchtel!«

Tatsächlich hatte Valentin sich heute mit einem ausgewaschenen T-Shirt und einer normalen Jeans begnügt; sämtliche Discoklamotten aus Daniels Alukisten lagen im Wäschekorb. Der Schweiß von fast zwei durchgetanzten Wochen klebte darin; Melanie wollte sich heute Vormittag darum kümmern. Die Blasen, die er sich ertanzt hatte, durften in offenen Schläppchen nach Luft schnappen. Val P brauchte dringend eine Verschnaufpause. Doch die goldene Kette um seinen Hals bewies, dass Valentins zweites Ich noch immer quicklebendig war. Das Tempo ihres gemeinsamen Aufstiegs war hoch gewesen – sie hatten schon viel erreicht –, doch heute tankten sie Kraft für noch anspruchsvollere Moves und den nächsten großen Auftritt. Bevor Valentin seinen Platz erreichte, sprang Keule kreischend von einem Stuhl. Er landete direkt vor Valentins nackten Zehen und imitierte dessen Kung-Fu-Moves, indem er die Arme wie Pfeile haarscharf an Valentins Kopf vorbeireckte.

»Komm schon, Fettsack, tanz mit mir!« Keule hatte Mundgeruch, Valentin verzog die Nase, so nah stand dieser Brutalo vor ihm. »Oder bin ich dir nicht hübsch genug. Muss ich auch erst so ein schwules Hemd anziehen, El Plauzo?« Er griff nach der Goldkette und zerrte daran.

Dann wurde Keule nach hinten gewirbelt, wobei er die Kette von Valentins Hals riss. Mit dem Rücken landete er auf einem der Tische. Pavlos drückte sein Knie auf Keules Brust und hielt ihn in Schach. »Was soll ich mit dem Arschloch machen, Altes?«, brüllte er. Etwas Spucke landete auf Keules Nase, Pavlos war außer sich.

»Lass ihn gehen«, meinte Valentin achselzuckend. Er rieb seinen Hals und setzte sich an seinen Platz. »Aber knöpf ihm die Kette wieder ab!«

»Den Idioten mach ich alle, den grill ich!«

Nachdem Pavlos die zitternde Hand hatte sinken lassen, schlich Keule mit eingezogenen Schultern davon. Während Pavlos weiterhin schnaubend um Fassung rang, begutachtete Valentin die zerrissene Goldkette. Zwei Glieder waren aufgebrochen, das war keine große Sache, jeder Juwelier konnte so was reparieren. Dann riskierte er einen Blick zur Tafel. Eine böse Kopie des Pappschildes aus dem Hobbykeller prangte weiß auf grün von einem aufgeklappten Flügel zum anderen: *Val Pipis Sanitär-Studio.*

Ein unterdurchschnittlich talentierter Dichter hatte den Namen des Hobbykellers abgewandelt. Unter den Text hatte ein noch mieserer Künstler mit bunter Kreide Val P als Schwein mit Perücke und durchnässtem Hosenlatz gemalt. Valentin nahm es gelassen zur Kenntnis. »Zum Totlachen. Sag mal, Pavlos, wo steckt eigentlich deine Stulle?« Er musste brüllen, was für ein Lärm! Ihr freier Platz war ihm erst jetzt aufgefallen.

»Weiß! Ich! Nicht!«, patzte Pavlos sauer zurück.

Valentin hatte offensichtlich einen wunden Punkt erwischt, er entschied sich, nicht weiter darin zu bohren. Schließlich konnte nicht jeder so zufrieden und tiefenentspannt sein: Er war eine Insel im Sturm, das ruhige Auge inmitten eines Hurrikan. Herrlich, das Fenster zum Schulhof stand offen, ein frischer Windzug fuhr über seine nackten Beine. Die Schlabbershorts waren eine luftige Abwechslung zu den seidig-hautengen Schlaghosen. Nach Schulschluss stand ein tanzfreier Freitagnachmittag mit Wäschestärke und Bügeleisen an, danach vielleicht ein Erholungsschläfchen. Später ein Korrekturschnitt in Uschis *WELL KAMM IN*. Ob sie wohl wieder hinter geschlossenen Jalousien arbeiten würde? Am Telefon hatte sie laut aufgestöhnt und nach Melanie verlangt.

Aber die hatte lachend ihr »Okidoki« gegeben: »Zuerst war ich total schockiert, aber jetzt mag ich es. Soll er sich mal richtig austoben! Null Problemo, Uschi, was hat er schon zu verlieren?«

Das stimmte, Valentin vermisste nichts aus der Zeit vor dem Crash mit Stulle, und die weitere Marschroute stand fest: Immer weiter mit ganz viel Spaß, und ganz nach oben!

Wo blieb denn nur dieser T-Dabbelju? Noch hatte sich die Klasse nicht beruhigt. Ein Grüppchen, angeführt von Burt, tanzte nun um Valentins und Pavlos' Tisch. Die Haare hatten sie sich albern mit Gel, Haarwachs oder sonst einem

Klebkram nach oben und hinten geklatscht. Pavlos brummte, doch Valentin hob lediglich eine Braue. Lächerlich, einfach peinlich dieses Theater, dass seine Klassenkameraden aufführten. Der eigentliche Anführer war jedoch Emil, vermutete Valentin, auch ohne albernes Gehopse und Verkleidung. Der blasse Prinz saß in der ersten Reihe auf der Tischkante, mit den Füßen auf seinem Stuhl, beobachtete ihn wie ein Habicht sein Opfer irgendwo tief unter sich und verzog dabei keine Miene. Durch die aufgepeitschte Menge entzifferte Valentin die Message in Emils Augen:

Zwischen mir und dir liegen Welten, Dicker. Ich schicke die tanzenden Idioten wie Marionetten zu dir, damit du kapierst, wer hier der Chef ist. Glaub nicht, dass du was Besonderes bist. Wer seinen Platz nicht kennt, kriegt Ärger mit mir. Kapiert?

In Wortwahl und Zeichensetzung gab es sicher Abweichungen, inhaltlich war an Emils Blick nicht viel falsch zu verstehen.

Kapiert, kein Problem, entspann dich, Prinz!, grinste Valentin zurück, dann gähnte er so ausgiebig, dass sein Kiefer knackte. T-Dabbelju war noch immer nicht aufgetaucht. *Eine gute Gelegenheit*, entschied Valentin, *dem Klassenliebling einen Besuch abzustatten.*

Er steuerte zielstrebig auf Emil zu und stoppte erst wenige Zentimeter vor dessen Nase. Dann hielt er sein Handy hoch. »Schau mal, Chef: 236 398 Klicks. Nicht schlecht was?«

Verkniffen und blass musterte Emil die ungeheure Zahl.

Valentin steckte sein Telefon wieder ein. »Samstag in einer Woche bei mir, die Uhrzeit whatsappe ich noch. Dann kannst du zeigen, ob du mehr draufhast als Dissen und Mobben. Wenn du glaubst, das wird ein lustiges Bällebad, hast du dich geschnitten. Ich fordere dich zum Tanzduell auf, kapiert? Und zieh dich schick an, sonst lässt mein Türsteher dich nicht rein.« Er nickte kurz rüber zu Pavlos. »Ach ja, Hering, mach keine große Sache draus, nur du und ich. *See you!*«

Bevor Emil antworten konnte, öffnete T-Dabbelju schwungvoll die Tür. Schlagartig wurde es ruhiger.

»Sorry, Leute, ich stand auf dem Schlauch – das könnt ihr wörtlich nehmen, mein Rad war plötzlich platt.« Aus seiner Tasche ragte eine Luftpumpe. Dann blieb er abrupt neben dem Pult stehen. »Wie seht ihr denn aus? Wie Clowns aus dem Weltall, Jesses. Hinsetzen, alle, aber sofort!«

T-Dabbelju warf einen ausgedehnten Blick auf die Tafel, dann wandte er sich an Valentin. »Die Schmiererei ist wirklich widerlich. Trotzdem schade, dass du schon wieder Zivil trägst. Dabei hatte ich gehofft, du könntest ein schönes Referat über die Disco-Ära vorbereiten. Tanzen im Narrativ, sozusagen. Aber du bist inzwischen wohl wieder geheil…, ich meine natürlich drüber weg.« Er ließ sich schwer in den Lehrerstuhl fallen, zog den Pullunder aus und ordnete die Ärmel akkurat auf seinen Schultern.

»Tanzen im Narra… was?« Darunter konnte sich Valentin nichts vorstellen.

»Eine schriftliche Abhandlung über Stil, Musik und Mode der 70er-Jahre, verbal vorgetragen, ohne Rumhopsen, meine ich. Inklusive der Beschreibung dieses sportrhythmischen Trends zur Discomusik in zeitgemäßen Worten«, erklärte T-Dabbelju umständlich. »Auf die Art hätten wir alle was von deiner Begeisterung für diese alberne Epoche, verstehst du?«

Valentin winkte ab. »Nein danke, ich will eigentlich nur Spaß haben, verstehen Sie?«

Die erste große Pause verbrachte Valentin alleine. Pavlos lief aufgeregte Runden um die Schule, das Telefon an seinem Ohr qualmte sicher schon. Er konnte so reden wie ein Gyrosspieß sich drehte – ewig und drei Tage. Valentin tippte auf Beziehungskrise mit allem Drum und Dran. Mit dem Rücken auf einer der kühlenden Schulhof-Tischtennisplatten schaute er in den Himmel und ging im Kopf die Choreo durch, mit der er Emil in Grund und Boden batteln wollte, vorausgesetzt der Fiesling kniff nicht. Doch wie stand es eigentlich um sein Herz? War der Blödmann überhaupt in der Verfassung für einen Wettkampf? Der konnte ja nicht mal in Stulle Mausers Pool springen, ohne zu ertrinken.

Hoffentlich ist sein Herzfehler nicht so schlimm, dachte Valentin. Melanie hatte mal erwähnt, dass es heutzutage viele Möglichkeiten gab, so etwas in den Griff zu bekommen. Hatte er etwa einen Kranken zum Duell aufgefordert? Vielleicht war es schlauer, die ganze Sache abzusagen. Die Tatsache, dass Melanie schon Hunderte Patienten wiederbelebt hatte, beruhigte Valentin nicht wirklich, so weit durfte es auf keinen Fall kommen. Er drückte Emil die Daumen für seine Gesundheit, auch wenn der es einem wirklich schwer machte, ihn zu mögen. Aber Valentins gute Laune und Zuversicht ließen einfach keinen Platz für Hass und Wut. Das T-Shirt rutschte über seinen weichen Bauch, die Sonnenstrahlen fühlten sich super an auf der nackten Haut. Kurz hoben ein paar Mädchen die Köpfe von ihren Handys und kicherten. Doch das störte ihn nicht, endlich waren die Zeiten vorbei, in denen er sich geschämt und versteckt hatte. Was bedeuteten schon drei gackernde Hühner, wenn mit jeder Stunde Tausende neuer Fans auf YouTube hinzukamen?

Mit leichtem Herzen ging er zurück in den Unterricht, abgesehen von Emils Machtspielchen lief es noch immer butterweich. Eine Woche blieb ihm für die Vorbereitungen, das war nicht viel. Der Klassenprinz war kein Idiot, er würde sich eine Überraschung ausdenken, niemals würde er eine Gelegenheit verpassen, selbst besser als jemand anders dazustehen.

Pavlos war nicht zurückgekehrt – der schwänzte tatsächlich aus Liebeskummer den Unterricht! Dann stand es wirklich schlimm um ihn und Stulle. Wo steckte die überhaupt? Im Grunde war es Valentin gleichgültig, nur Pavlos' Zustand bereitete ihm Sorgen. Dennoch genoss Valentin die größere Freifläche des Tisches, denn so konnte er sich unbemerkt dem Foto widmen, das er am Morgen vorsichtig in seinen Rucksack gelegt hatte. Daniel war schon wieder im Dienst gewesen, und Melanie hatte Erholung von einer anstrengenden Notrufschicht nötig gehabt. Dadurch hatte er das Bild unbemerkt und ohne großes Gemecker auf teurem Fotopapier ausdrucken können. Zuvor hatte er eine Weile an der Datei rumprobiert: Sollte er sie etwas strecken, damit die Beine länger und der Po schmaler wurden? Am Ende hatte er sich für das Original entschieden. So gefiel ihm *LAZ*s Po am besten. Und nun strich er von Zeit zu Zeit über den glatten, glänzenden Ausdruck, der in seinem Arbeitsheft steckte. Es kribbelte gewaltig in seinem Bauch, fühlte sich auch irgendwie unanständig an, was das Kribbeln nur noch verschlimmerte. Wie gern hätte er ihren ganzen Körper gesehen. Mit allem »Drum und Dran«. Und endlich ihr Gesicht! Ungewollt entfuhr ihm ein Seufzer. Im letzten Augenblick bemerkte er T-Dabbelju, der um die Tische kurvte wie ein selbstfahrender Robotersauger. Bevor der Lehrer gehörig Staub aufwühlen konnte, verschwand das Foto wieder tief in Valentins Rucksack.

Dicke Luft

Auf dem Weg nach Hause musste Valentin mit seinem Fahrrad hustend hinter einem qualmenden Bus auf Grün warten. Es war eines der alten Modelle, die behäbig von Dorf zu Dorf tuckerten. Der Gestank des Dieselmotors gesellte sich zu der flirrenden Nachmittagsglut und Valentin glaubte, flüssiges Blei in seine Lungen zu saugen. Wer setzte sich freiwillig in diesen rollenden Schwitzkasten? Er sah nach oben und entdeckte einen schwarzen Haarschopf hinter der Scheibe. Pavlos! Wo wollte der hin? Ein Stück über seinem Kopf las er kurzatmig eine Nummer und ein Ziel: Line 14 – Bad Singbein. Ein Kurort, ungefähr dreißig Kilometer südlich, mit vielen Kliniken, Tempo 20 überall, guter Luft und ohne einen stinkenden Monte Scherbelino.

Die Ampel sprang um, der Bus rollte weiter. Valentin trat ordentlich in die Pedale, um ihn einzuholen, beinahe platzte ihm die Brust, doch bei der nächsten Haltestelle hatte er es geschafft. Hektisch kettete er sein Rad an einen Mülleimer und hechtete durch die sich schließende Bustür, hinter der ihn ein feuchtwarmer, muffiger Schwall müder Luft empfing. Er warf dem Fahrer passend ein paar Münzen hin, arbeitete sich keuchend durch den schmalen Gang bis zur letzten Bank und schmiss sich in die Polster neben seinen Freund. Pavlos wirkte schmal, und das wollte was heißen. Auf seinem Bein lag schlaff sein Rucksack, aus dem er gerade mit einer Hand zwei gefüllte Schafskäsetaschen hervorfischte, mit der anderen Hand tupfte er seine Stirn ab.

»Hast du Hunger, Val, äh, Valentin? Die sind lecker, hat Stavros gemacht.« Stavros war sein großer Bruder, der, wie alle Lipsis, im *Lipsi Grill* mitarbeitete.

Sofort strömte ein kräftiger Käsegeruch durch den Bus. Ein alter Herr wedelte mit einer Zeitung, andere hielten sich empört die Nase zu.

Valentin verzog das Gesicht. »Nee, danke, Käsefondue in der Sauna ist echt nicht mein Ding.«

Traurig betrachtete Pavlos seinen gewaltigen Bauch, während der Bus sich einen Hügel hinaufkämpfte. Valentin konnte es nicht fassen, aber offensichtlich war sein Freund tatsächlich auf dem Weg in eine der Kliniken. Wollte er in Bad Singbein abnehmen oder sich kurzerhand das Fett absaugen lassen? Dann ging er das Ganze aber völlig falsch an, denn auch die zweite Käsetasche war schon halb in seinem Mund verschwunden. Valentin suchte die Ablagen nach einem Koffer ab. Fehlanzeige, eine längere Reise hatte Pavlos also nicht geplant. Er atmete auf. »Was hast du vor? Wo willst du hin?«

»Stullchen.«

»Ich sag doch, ich habe keinen Hunger, iss deine Stinkestullen alleine.« Aber dann begriff Valentin. »Stulle, ach, Mauser, die ist also in Bad Singbein.«

Pavlos nickte.

»Doc Mauser ist in einer Klinik!« Valentin konnte nur schwer ein Grinsen unterdrücken. »Tse, stellen die jetzt schon Dreizehnjährige ein, oder was?«

»Mann, Altes, sie macht eine Schlankheitskur, das hat mir ihre Mutter verraten.«

»Dagegen ist doch nichts einzuwenden«, fand Valentin. »Soll sie schmachten, das wird ihr guttun!«

Jetzt schaute Pavlos ihn direkt an, er sah verletzt aus. »Du verstehst wirklich überhaupt nichts.«

Das stimmte, aber Valentin war einfach nicht bereit, weitere Gedanken an dieses brutale Mädchen zu verschwenden. »Okay, sie macht 'ne Diät. Ist doch eine super Nachricht, dann kann sie uns bald auch nicht mehr töten mit ihrem Rammbockkörper. Entwarnung, du solltest dich freuen!«

»Sei still, verdammt noch mal!«

»Wieso? Du hast doch selbst gesagt, dass sie einen anderen Lover hat, für den bringt sie sich in Form, das ist so sicher wie das Schweinefleisch in eurem Gyros.«

»Halt endlich die Klappe!«

»Wann kapierst du es mal? Die verarscht dich doch! Seit wann bist du so schwer von Begriff?«

Pavlos wischte mit dem Arm kurz die Tränen fort, dann boxte er Valentin direkt auf die Nase. Ein einziger Hieb reichte, um die Schleusen zu öffnen – das Blut floss in Strömen, Valentins Shirt war in Sekunden nass und rot.

»Bist du total bescheuert?«, schrie er entsetzt auf, mit einem Faustschlag hatte er nicht gerechnet. Ein bisschen streiten – okay, schließlich hatte er Pavlos provoziert, wahrscheinlich sogar maßlos übertrieben –, doch das ging eindeutig zu weit! »Hat *sie* dir das beigebracht? Andere Leute zu verprügeln und so 'n Scheiß?« Hektisch suchte er nach Taschentüchern. »Hauptsache, es fließt Blut, oder wie?« Seine Taschen waren leer, also presste Valentin sein T-Shirt unter die pochende Nase.

»Halt endlich dein Maul!«, knurrte Pavlos. Sein Körper zitterte, die Hände waren zu Fäusten verkrampft.

»Da haben sich ja zwei brutale Schläger gefunden, du Arschkeks. Na los, mach mir die Stulle! Die gibt sich auch nicht mit ein bisschen Nasenbluten zufrieden. Lang zu!«

Ohne zu zögern, nahm sein Freund die Einladung an. »Kannst du haben, Mr Hunderttausend Klicks!«, schrie er und rammte Valentin vom Sitz.

Im Fallen konnte Valentin noch einen Treffer unter Pavlos' Kinn landen. Knochen knackten, aber zum Glück brachen sie nicht.

»Schluss jetzt, dahinten!«, dröhnte es blechern durch die Lautsprecher des Busses. Der Fahrer lenkte sein Gefährt an den Straßenrand.

»Die hat dir ja komplett die Rübe verdreht«, kreischte Valentin eingeklemmt am Boden. Inzwischen traten und rauften sie zwischen den Sitzreihen. »Was hab ich dir denn getan?«

»Warum bist du überhaupt hier? Zähl doch lieber Klicks, du Superstar!«, brummte Pavlos vernuschelt – Valentins Shirt steckte blutig zwischen seinen Zähnen –, dann langte er wieder ordentlich zu.

»Auahh!«, brüllte Valentin. »Kratzen und Beißen, sag ich doch, du kämpfst wie 'n Mädchen!« An seinem Arm zerrte nun auch noch der Busfahrer, angefeuert von dem alten Mann mit der Zeitung, die er auf Pavlos' Kopf niedersausen ließ. Valentin wehrte sich nach Kräften. »Ich dachte, wir sind Freunde, du Arschloch!« Aus Versehen trat er dabei dem Busfahrer mit voller Kraft gegen das Schienbein.

Kurz darauf fanden sich beide Kämpfer an der nächsten Haltestelle wieder. Aus der offenen Bustür flogen ihre Rucksäcke, dann verschwand der 14er hinter einer schwarzen Rußwolke und schaukelte ohne sie weiter Richtung Bad Singbein.

Sie schwiegen fast eine ganze Stunde lang. Valentin auf der einen Seite der Straße, Richtung Brüllach – seine Nase war verkrustet und schmerzte, aber wenigstens blutete sie nicht mehr. Er rieb sich die blaue Schulter. Pavlos schmollte Richtung Bad Singbein. Er hatte sich im Gefecht auf die Zunge gebissen, das Knie verdreht, und sein kleiner Finger war inzwischen stark geschwollen. Beiden war hundeübel. Nicht weit hinter dem Bushäuschen gab es ein kleines Einkaufszentrum. Mit nacktem Oberkörper schlich Valentin zu einem der üblichen Billigdiscounter, um für sich und Pavlos saubere T-Shirts zu besorgen. Der Anblick seines verletzten und schmutzigen Freundes war ihm unerträglich geworden.

Bald darauf warteten sie nebeneinander in frischen Hemden auf den nächsten Bus. »*To cool to fool!*« stand bunt vorne auf ihren Oberteilen – von wegen! Und dann kletterten sie hintereinander wortlos in den nächsten 14er, Richtung Bad Singbein.

»Glaubst du, Stulle will mich noch, wenn sie erst mal aussieht wie ’n Fernsehstar? Voll schlank und so?«, brach Pavlos das Eis – es schmolz eh seit einer Weile.

Sie hatten sich wieder ganz nach hinten verzogen, das Adrenalin war abgeflossen, genau wie ihre Wut aufeinander.

»Du liebst sie wirklich, was?« Fast flüsterte Valentin. Inzwischen war ihm klar geworden, dass er sich ziemlich danebenbenommen hatte. Bei seinem butterweichen Höhenflug war ihm völlig entgangen, wie er auf Pavlos' Gefühlen herumgetrampelt war.

Pavlos nickte. »Ja … weiß auch nicht, wie das gekommen ist. Eigentlich wollte ich nur ein bisschen flirten. ›Gib mir 'nen Knutscher, Süße‹ und so, ganz romantisch eben, weißt du? Und dann sind wir zusammen in den Pool gesprungen, um diesen Emil zu retten.«

»Da unter Wasser hat es dann geknallt«, vermutete Valentin. »Liebt sie dich denn auch?«

»Sicher!«, antwortete Pavlos hastig und biss sich wieder auf die Zunge. »Mist, autsch!«

Der Bus hatte die Endstation erreicht. Schnell orientierten sich die Freunde per Google Maps, dann stiegen sie aus und sahen sich um. Gläsern und strahlend ruhte die moderne Diätklinik auf einem weiten Hügel oberhalb der Stadt. Sie verabredeten, dass Valentin am Busbahnhof auf Pavlos' Rückkehr wartete – auf einen erneuten Zusammenstoß mit Stulle Mauser war er wirklich nicht scharf. Während Pavlos träge davontrottete, setzte sich Valentin am Rand des Bahnhofs auf eine sonnige Bank und warf einen Blick auf sein Telefon. Der ständige YouTube-Check war inzwischen Routine, doch was er jetzt dort entdeckte, ließ sein Herz stolpern:

999 999 Klicks … nur noch ein Klick und dann war die Million voll. Val P war Millionär, Klick-Millionär. Was bedeutete das? Gebannt schaute sich Valentin um, so als erwartete er eine Lawine, die ihn überrollte, doch es blieb ruhig, der verschlafene Kurort gab keinen Mucks von sich, Mittagspause, die Läden waren zu. Niemand jubelte, keiner fiel ihm kreischend um den Hals, wo blieb die Fanfare, wo der rote Teppich? Nur Pavlos winkte ihm kraftlos von einem Blumenstand aus zu. Die Floristin knotete Schleifen und rote Herzen an seinen Strauß. Auch ein riesiger Luftballon wartete darauf, Teil des knallbunten Gestecks zu werden. Gleich daneben schnatterte eine Gruppe Mädchen aufgeregt am Bahnhofskiosk und kaufte tütenweise Süßigkeiten. Alle waren ähnlich gebaut wie Pavlos – Modell Fässchen –, doch Pavlos schien sie nicht mal zu bemerken. Noch vor einer Woche hätte er jetzt ordentlich am Gashebel gekurbelt und wäre kurz darauf gut gelaunt und mit mindestens einem der Mädchen im Arm davongeschlendert.

Der traurige Anblick seines Freundes holte Valentin zurück auf den Busbahnhof von Bad Singbein und zu der Frage, die sie beide hierhergebracht hatte: Liebte Stulle Pavlos?

Ein klarer Fall von Wahnsinn

Louise hatte das Gefühl, dass der schreckliche Valentin Plau und sein tanzendes Alter Ego sie persönlich verfolgten. Nicht einmal hier in der Klinik war sie sicher vor dem albernen Hype um Val P! Im Gegenteil, gleich nach ihrer Ankunft hatten sich ihre Zimmergenossinnen – »Viv« (für Vivien), »Bi« (für Bianca) und Gülcan, genannt »Gül« – als seine glühendsten Fans entpuppt. Staunend hatte Louise zugesehen, wie die drei gekonnt jeden Move imitierten, den ihr durchgeknallter Klassenkamerad vor seinem Glitterpappschild aufführte: Die Handys mit dem laufenden YouTube-Video dicht vor den Nasen schwangen sie die Arme durch die Luft, wiegten sich verführerisch in den Hüften und flirteten mit dramatisch aufgerissenen Augen Bewunderer an, die nur in ihrer Fantasie existierten.

Dummerweise hatte Louise ihnen erzählt, dass sie mit Val P in eine Klasse ging. Seitdem wetteiferten Viv, Bi und Gül darum, ihre allerdickste Freundin zu sein – wobei man »dick« wörtlich nehmen konnte: Jede von ihnen brachte locker noch fünfzehn Kilo mehr auf die Waage als Louise selbst. Als das Trio am ersten Abend zu ihr ins Bett geklettert war, um Süßigkeitenvorräte und intime Geheimnisse zu teilen, hatte Louise sich kurz ausgemalt, wie sie alle zusammen durch den Lattenrost krachten. Das war zum Glück nicht passiert, und nun kannte sie praktisch sämtliche Liebesschmerzgeschichten ihrer neuen Freundinnen: Wie es aussah, verknallten sich die drei alle paar Wochen unsterblich in einen neuen »totaaaaal süßen Jungen«, der leider null Interesse an ihnen hatte. Kein Wunder, dachte Louise herzlos. Die Typen sind vielleicht dumm, eitel und eingebildet, aber doch nicht blind!

Vivs ganzer Stolz war eine glänzende Flut dunkelbrauner Haare, die ihr bis zum Po reichten. Sie war die rundeste, trotzdem zierte sie sich nicht, superkurze Röcke und bauchfreie T-Shirts zu tragen, so als wollte sie allen beweisen, wie egal ihr die Röllchen und Fettpolster waren. »Ich bin nur hier, weil meine Eltern das wollen«, erklärte sie jedem, der nicht bei drei auf dem Baum war. »Wenn ich fünf Kilo schaffe, kriege ich ein neues Handy!«

Fünf Kilo, das war auch Louises Ziel. Zumindest wollte sie dann ihre Entscheidung, in Bad Singbein zu fasten, einer erneuten Prüfung unterziehen.

Bi trug das Haar kurz und stylish mit Fransen in Louises Lieblingsfarbe Pink. Doch wenn es um pinke Leggins mit Glitzereffekten ging, hätte Louise sich lieber einen Müllsack übergezogen, als ihre stämmigen Beine dareinzuzwängen. Bi hatte damit kein Problem. Möglicherweise würde ja auch Louise ihre Meinung ändern, wenn ihre Beine irgendwann etwas schlanker wären. Doch wie lange musste sie dazu hierbleiben? Für ihr Äußeres riskierte sie, die Klasse wiederholen zu müssen. War es das wirklich wert?

Gül wollte von den dreien am höchsten hinaus; sie stylte sich mit ihren gerade mal dreizehn Jahren wie eine ausgewachsene Celebrity: Peep-Toe-Stöckelpumps, Klunker hier, Kettchen da und niemals ohne ihre nachgemachte Gucci-Handtasche. Alle drei waren geschickte Make-up-Künstlerinnen und ganz wild darauf, ihr Talent auch an Louise auszuprobieren – noch etwas, worüber Louise bloß den Kopf schütteln konnte. *Als ob perfekt getuschte Wimpern irgendjemanden vom unperfekten Rest ablenken würden*, dachte sie bitter. Doch egal wie albern die Freundinnen ihr vorkamen und sosehr ihre unerschütterliche Partypartypartylaune auch nervte, Louise konnte nicht leugnen, dass sie lieb und süß und voll echter Lebensfreude waren – ganz im Gegensatz zu ihr.

Seit ihrem Geburtstag fühlte sie sich wie eine Verliererin, und der Grund dafür war ihre Figur, warum sonst hätte dieser grässliche Emil ihren Po für alle sichtbar ins Netz stellen sollen? Wer amüsierte sich in diesem Augenblick gerade über ihre üppigen Kurven? Einer? Hunderte? Oder hatte ihr Hintern schon ebenso viele Klicks wie Val Ps Video? Bei der Vorstellung schnürte der Kloß in ihrem Hals ihr fast die Luft ab. Sie wollte eine Weile unsichtbar sein, und das funktionierte nirgendwo besser als zwischen Mädchen, hinter deren Fülle sie sich problemlos verstecken konnte.

Es war Freitagnachmittag, ein langes und langweiliges Wochenende stand bevor. Viv, Bi und Gül waren nach dem Essen im Ort verschwunden, um sich mit frischen Kalorien einzudecken – Nachschub für die Geheimfächer in den Kleiderschränken und unter den Nachttischen. Überhaupt schienen die drei nicht wirklich zu wissen, warum sie hier waren. Langsam begann Louise sich zu fragen, ob sie es eigentlich wusste.

Schlecht gelaunt öffnete sie die YouTube-Seite auf ihrem brandneuen iPad, einem Geburtstagsgeschenk der Sternschnuppen. Bei denen hatte sie es bestellt, gebracht hatte es ihr Vater und damit für eines der wenigen Highlights der letzten Wochen gesorgt. Ohne es wirklich zu wollen, sah sie sich erneut das lächerliche Tanzvideo an. Was hatte sich dieser Valentin »El Plauzo« Plau bloß dabei gedacht? Einen Moment lang – wofür sie sich umgehend fürchterlich schämte – bereute sie es, den Kerl nicht härter erwischt zu haben. Der trieb es eindeutig auf die Spitze, tat plötzlich so, als gehörte ihm die Welt! Und nun tanzte die Welt tatsächlich nach seiner Discopfeife. Es war einfach unfassbar: 1000658 Klicks. Frustriert boxte Louise mit beiden Fäusten auf den Rand der Matratze. Sie war doch immer zufrieden gewesen, ganz egal, was die anderen dachten! Bisher hatte Valentin immer die Rolle des dicken Losers in der Klasse übernommen, und so lange konnte sie die Schaukelkönigin vom Monte Scherbelino sein, glücklich in ihrem privaten Paradies. Und jetzt hatte sich dieser schüchterne und ungeschickte Hirni in einen Discokönig verwandelt, während ihr schönes, behütetes Lebensgefühl zerbröselt war wie ein trockener Keks. Das war so ungerecht – und außerdem ein klarer Fall von Wahnsinn!

Es klopfte, jemand war an der Tür. Schnell drückte Louise den Stummknopf und schob das iPad unter die Decke. Viv, Bi oder Gül klopften nicht – wozu auch? Die kamen einfach rein, ohne von ihren Handys hochzusehen. Mit den Kopfhörern im Ohr hätten sie »Herein« oder »Wer ist da?« auch gar nicht mitbekommen. Louise erwartete ein nerviges Gespräch mit einem der Diätberater und zog vorausschauend den Bauch ein.

»Ja?«

Als sie erkannte, wer seinen schwarzen Schopf durch die Tür schob, entspannte sie ihren Bauch, dafür verkrampften sich ihre Schultern. Wer hatte Pavlos erzählt, wohin sie geflohen war? Nur ihre Eltern wussten davon – das war eindeutig Hochverrat! Als Pavlos' knallbunter Luftballon an der kaputten Leuchte über der Tür hängen blieb und zerplatzte, begann auch noch ihr Herz zu rasen.

»Hey, Stullchen.« Breit lächelnd trat Pavlos ein und zog einen Blumenstrauß hinter dem Rücken hervor.

Eine halbe Stunde war vergangen. Valentin hatte keine Vorstellung, wie viel Zeit es brauchte, um eine Beziehung zu retten. Woher auch? Dazu musste er ja erst mal eine starten. Insgeheim hoffte er auf ein schnelles Ende, denn in seinen Augen schwebte Pavlos in akuter Lebensgefahr, diese Stulle war erwiesenermaßen unberechenbar und mordsgefährlich. Leider konnte er ihm nicht zur Seite stehen – aus dieser brennenden Hütte musste Pavlos alleine entkommen. Zu schade, dass Pavlos nicht auch so ein nettes Mädchen wie *LAZ* gefunden hatte, bedauerte Valentin seinen Freund um dessen hartes Schicksal und entschloss sich, *LAZ* zu schreiben.

Doch erst musste er sich ein kühleres Plätzchen suchen, die Sonne klebte am Himmel wie eine überreife Kirsche. Das Dach des Busbahnhofs versprach etwas schattige Abkühlung, also schlenderte Valentin dort hinüber. Am Kiosk tummelten sich noch immer die drei Mädchen. Sie wiegten schlickernd ihre Hüften, schauten auf ihre Handys und zeigten sich gegenseitig die Displays. Unweit der drei setzte er sich auf eine Bank und öffnete den Schnuppen-Chat. Kurz entschlossen checkte er schnell noch den exakten Stand seiner Popularität: 1 008 111 Klicks. Bombe, das war einfach nur noch crazy! Gerade als er seine Aufmerksamkeit zurück in den Chat zwang, hörte er einen vertrauten Discobeat. Die Musik schepperte aus einem der Handys am Kiosk. Kein Zweifel, die Mädchen groovten zu seinem Video! Schnell schloss er den Chat und machte ein Selfie, um auf dem Display Uschis Superfrise zu kontrollieren. Was nicht perfekt saß, richtete er mit dem grünen Walfischkamm gekonnt wieder her, dann tänzelte er lässig, aber zielstrebig auf die Mädchen zu.

»Ihr solltet tanzen, yeah!«, sprach er sie mutig an. »Ich bin übrigens Val P, echt wahr!«

»*Wer* bist du?«

»Der echte Val P?«

»Ja, klar, und ich bin Heidi Klum!«

Die drei schlugen sich lachend auf die Schenkel, doch als Valentin die Original-Val-P-Choreo startete, verstummten sie.

Allerdings nicht lange.

»Wow!« Bi brüllte so laut, dass es in Valentins Ohren bedrohlich schrillte. Gül ließ die falsche Gucci fallen, und Viv wurde unter ihrer Schminke ganz rosa im Gesicht. Vor Aufregung griff sie so heftig nach Valentins Arm, dass es wehtat. Wenig später sorgten sich die Mädchen mit viel »Ah« und

»Oh« um die Kratzer und Verletzungen, die Pavlos ihm verpasst hatte.

»Das ist der echte Val P«, informierten sie jeden Passanten, der zufällig vorbeikam.

Die meisten schüttelten die Köpfe und verzogen sich, doch einige hatten schon von ihm gehört und blieben neugierig stehen, um sich Autogramme geben zu lassen.

»Du bist ein Star!« Bi präsentierte Valentin mit ihrem Handy den letzten Beweis seiner Berühmtheit: Sein Video *Val P's Disco Inferno – The Next Generation!* tauchte auf der Startseite von YouTube unter »Trends« inzwischen an vierter Stelle auf.

»Komm, wir tanzen alle zusammen!«, forderte Viv ihn auf.

Bald hatte auch der Kioskbesitzer verstanden, was da vor sich ging, und stellte einen satten Lautsprecher aufs Dach, der mit seinem Handy verbunden war. Die ersten Zuschauer begannen zu klatschen, manche reihten sich ein und tanzten begeistert mit. Während Valentin gemeinsam mit den Mädchen und einem halben Dutzend wildfremder Menschen die Arme in die Luft warf, fiel ihm wieder ein, was er gestern hinter der Tonne des Diogenes im Lichthof der Schule vermutet hatte. Erst in der Fremde erkannten die Menschen, dass er etwas ganz Besonderes geschaffen hatte und welcher Spaß in der Discosache steckte. Hier in Bad Singbein und im Rest der Welt, war er längst total angesagt. Kein ungehörter Prophet, aber ein echter Trendsetter. Die Disco-Beats dröhnten bis tief in die Einkaufspassage auf der anderen Straßenseite, deren Geschäfte nun wieder geöffnet hatten. Immer mehr gut gelaunte Unbekannte gesellten sich dazu. Fast dreißig Tänzer wackelten bald lachend mit ihren Pos, machten die Rolle vorm Bauch und reckten die Arme zur Sonne, deren Strahlen sich in den vielen Sonnenbrillen glitzernd brachen wie in den Spiegeln einer Discokugel. Valentin führte sie, mal schritt die Gruppe hinter ihm her Richtung Kiosk, dann nahm er sie mit zu den Bussteigen, wo er auf eine der Bänke stieg, um die Kung-Fu-Moves vorzumachen. Der Kioskbesitzer hatte vor Begeisterung Kaugummis verteilt, wodurch die Tänzer noch cooler wirkten.

Erst als drei Wachmänner vom Busbahnhof der wilden Pop-up-Party ein Ende setzten, wurde es wieder still in dem kleinen Kurort. Dennoch verschwanden die Leute nicht sofort wieder. Sie stellten sich in eine Schlange und Valentin schrieb so lange Autogramme, bis die Filzer aus seinem Mäppchen leer waren.

Als er allein mit Viv, Bi und Gül zurückblieb, stoppte am Bussteig hinter ihnen ein qualmender Bus. Kurz darauf tauchte Pavlos auf. Mit hängendem Kopf schlich er wortlos zum 14er, winkte kurz, und stieg ein.

»Kennst du den?«, fragte Gül interessiert.

Valentin nickte besorgt. »Ja. Mein bester Freund, Pavlos. Pavlos Lipsi.«

»Er hat wohl einen miesen Tag. Aber ich finde ihn süß, auch wenn er so traurig guckt. Mit dem würde ich gerne mal 'ne Runde snapchatten!«

Die anderen kicherten.

»Kein Ding.« Valentin kratzte mit dem letzten leeren Filzer schnell noch die Telefonnummer seines Freundes auf einen Zettel, dann folgte er Pavlos in den Bus.

Pavlos kauerte in der letzten Reihe, seine Nase klebte an der schmutzigen Scheibe. Valentin erkannte es sofort: Es war aus, Ende, vorbei. Die große Frage war geklärt – Stulle hatte ihn verlassen.

Der Ballon lag noch immer platt am Boden, der riesige Blumenstrauß begann in der Hitze bereits zu welken. Louise war wieder allein, sie weinte. Auch wenn sie Pavlos nicht so gern hatte wie er sie, tat es ihr doch leid, jetzt, da es endgültig aus war zwischen ihnen. Zu keiner Zeit war sie auf die Idee gekommen, dass sie den runden Kerl mit den dummen Sprüchen und seiner frechen Anmache brauchte, geschweige denn vermissen würde. Doch als er verletzt und bleich aus dem Zimmer geschlichen war, hätte sie ihn am liebsten zurückgeholt und geknuddelt. Und wenn es auch nur geholfen hätte, ihre eigene Einsamkeit ein wenig erträglicher zu machen.

»Soll ich bei dir in Bad Singbein bleiben?«, hatte Pavlos gefragt. Und: »Willst du, dass ich mit dir Diät mache?«

Ihr kamen wieder die Tränen. Der Spinner meinte es wirklich ernst. Natürlich hatte sie beides verneint.

Dann hatte er etwas Merkwürdiges gesagt: »Schuld sind doch nur die nackten Griechen in eurem Garten!«

»Quatsch!«, hatte sie widersprochen. »Die haben damit nichts zu tun.«

Pavlos hatte ihr nicht geglaubt. »Du denkst, alle müssen so dünn sein. Als wir uns am Brunnen geküsst haben, hast du so komisch zu den Gipsgerippen geschaut.«

»Hab ich nicht!«, protestierte sie und schämte sich im selben Moment. In Wirklichkeit hatte sie ihr Handy im Blick gehabt, in sehnsüchtiger Hoffnung auf eine Nachricht von *MARSMAN1*.

Jetzt war Pavlos weg, aber seinen Schmerz hatte er dagelassen. Louise konnte den Liebeskummer spüren, fast als wäre es ihr eigener. Liebte sie ihn vielleicht doch ein bisschen, oder war sie nur total durch den Wind? Nein, Mitleid war keine Liebe, Mitleid empfand sie auch für jeden ängstlichen Hund, der vor dem Supermarkt auf sein Herrchen wartete. Sofort schämte sie sich wieder; wie konnte sie Pavlos nur mit einem Hund vergleichen? Wütend sprang Louise vom Bett und riss schreiend die Arme empor. »Was ist denn nur mit mir los? Warum ist plötzlich alles falsch?«

Ohne Ankündigung flog die Tür auf. Viv, Bi und Gül drängten sich lachend in das enge Zimmer. »Du solltest tanzen, yeah!«, brüllten sie.

Gül ließ unter ihrem Poncho die Hüften kreisen und entleerte eine Tüte Süßigkeiten auf Louises Bett. »Wir lassen es voll krachen, Lu, *let's dance!* Party, Party, Party!«

Das war zu viel, Louise stürmte an den gut gelaunten Mädchen vorbei in den Flur. Erst in der Halle mit dem großen Aussichtsfenster blieb sie stehen und starrte unglücklich auf die Häuser hinunter. Irgendwo da unten war Pavlos, auf dem Weg zum Busbahnhof. *Ich muss hinterher*, schoss es ihr durch den Kopf, *um alles wiedergutzumachen. Kann ich ihm nicht vorschlagen, einfach nur mein Freund zu sein – ohne das alberne Liebesgeflüster und die nassen Schmatzer?* Aber wenn sie ehrlich war, wusste sie, dass ihn das nur noch mehr verletzten würde. Damit konnte sie bloß ihr eigenes schlechtes Gewissen beruhigen. Und sie wäre nicht mehr so allein. Ach, zum Teufel, warum war sie eigentlich hier? Viv, Bi und Gül waren viel dicker als sie und hatten trotzdem den ganzen Tag Spaß. Wieso konnte sie das nicht? Stattdessen lag sie tagsüber schlecht gelaunt auf dem Bett, und ließ sich abends von den drei Freundinnen mit Schokolade trösten. Wenn das so weiterging, konnte sie noch bis zum Abitur in der Klinik bleiben und würde kein Gramm abnehmen. Überhaupt, wer hatte das eigentlich von ihr verlangt? Warum wollte sie unbedingt die erste schlanke Mauser sein?

Weil du ein Schmetterling werden willst, fiel ihr wieder ein, *und weil niemand mehr gemein über deinen Po lachen soll.* Verdammt, ja!

Sie weinte schon wieder, als plötzlich das Handy säuselte – *MARSMAN1*:

Liebe LAZ, alles dreht sich so schnell, dass mir schwindelig wird. Jetzt halten mich fast alle für einen Helden, dabei hat mich früher niemand beachtet. Das ist toll, trotzdem denke ich ganz oft an dich. Darf ich das? Wo steckst du nur? Dein Foto trage ich immer bei mir.

Oh Gott, das Foto! Louise spürte, wie ihr etwas sehr Schweres und Kaltes in den Magen rutschte, gleichzeitig wurde ihr heiß vor Scham. Warum hatte sie ihm das bloß geschickt? Ausgerechnet dieses peinliche Bild von ihrem dicken Po, warum, warum, warum? Sie scrollte durch die gespeicherten Nachrichten nach oben, bis sie die Stelle fand:

… Ich habe mich nämlich verändert, weißt du? Ich zucke nicht mehr zusammen, wenn ich vorm Spiegel stehe …

Das war es, jetzt wusste sie wieder, was sie sich dabei gedacht hatte: Konnte es sein, dass es *MARSMAN1* ganz ähnlich ging wie ihr? Dass er auch einen Makel hatte, der ihm peinlich war? Deshalb hatte sie ihm das Foto geschickt, ganz spontan. *Ich verstehe dich*, sollte das heißen, *schau her, ich bin auch nicht perfekt.*

Tja, das wusste er nun. Aber was hatte es zu bedeuten, dass er ihr Foto immer bei sich trug – etwa, dass er ihren dicken Hintern *mochte*? Oder machte er sich bloß lustig über sie, so wie alle anderen? Konnte sie ihm vertrauen?

Erschöpft lehnte Louise ihre Stirn an die kühle Fensterscheibe. Unten im Tal qualmte ein Linienbus Richtung Ortsausgang – vielleicht der 14er nach Brüllach, mit Pavlos darin – und das schlechte Gewissen, vermischt mit Heimweh, kam wie eine Flutwelle zu ihr zurück.

»Viel Glück, Pavlos«, hauchte sie an die Scheibe, »grüß mir den Monte Scherbelino.«

Val und Danny und Spiderman

Niemand daheim? Valentin vergewisserte sich, dass er alleine war, dann ließ er ein verschwitztes Kleidungsstück nach dem anderen fallen. Noch bevor er das Duschbad im ersten Stock erreicht hatte, war er splitternackt. Das kalte Wasser war ein Genuss nach der langen und stickigen Rückfahrt mit dem Bus, es prickelte erfrischend auf der Haut und spülte die Bedrückung fort. Pavlos hatte abwechselnd geschluchzt und geschwiegen. Manchmal hatte er auch aus dem Rückfenster geschaut, als hoffte er, dort seine geliebte Stulle zu entdecken. Aber was hatte dieser verliebte Trottel denn erwartet? Dass sie auf ihrem »Holli« strampelnd den 14er verfolgte, um ihn um Verzeihung zu bitten? Valentin schüttelte den Kopf. Die Liebe zu Doc Mauser hatte seinem Freund glasklar das Gehirn vernebelt und das Herz zerquetscht. Kurz hatte Valentin sogar in Betracht gezogen, ihn in den Arm zu nehmen, doch so was machten Jungs ja nicht.

Mit einem Handtuch um den Bauch und Schläppchen an den Füßen flitzte er wieder ins Erdgeschoss, um sich einen eiskalten Drink zu genehmigen. Aber was war das? Die Kellertür stand offen, *die war doch eben noch zu gewesen!* Ein schnell wechselnder Farbenmix leuchtete die Treppe herauf, Nebel waberte von den Stufen bis über den Läufer in den Flur hinein. Mehrere Lichterketten wanden sich schlangengleich den Handlauf hinab. Auch am Boden blinkte es rhythmisch. Rechts und links waren die Stufen gesäumt von Plastikschläuchen voller winziger Glühbirnen. Wenn das Paradies eine Disco war, dann war dies der Eingang – geblendet änderte Valentin seinen Kurs. Vorsichtig stieg er hinunter bis zur offenen Waschkellertür. Dort war alles wie immer, nur dass jetzt die Disco-Outfits auf der Leine hingen. Vorm Schuhschrank warteten die Stiefeletten auf Wachs und Politur. Valentin huschte zu den Hemden und Hosen, noch waren sie nicht völlig trocken. Auf dem breiten Waschtisch, links an der Wand, lag ein Zettel. Er erkannte Melanies Schrift. *Du solltest bügeln, yeah!!!*, stand darauf.

Sehr lustig – wie sollte er das denn machen? Daneben hatte sie tatsächlich ihr Dampfbügeleisen postiert. Später – erst musste er das Rätsel um die vielen Lichter lösen. Vorsichtig öffnete er die Tür zum Disco-Studio. Dabei trat er auf einen Schalter, der offenbar unter der Fußmatte lag, woraufhin ein Stroboskop hektisch in den Bodennebel blitzte. Der Raum war nicht wiederzuerkennen.

Daniel saß auf einem Barhocker und winkte ihn fröhlich zu sich. »Mensch, Val P persönlich! Du kommst gerade richtig, ich bin fast fertig. Hilfst du mir?«

»Oki … doki«, entfuhr es Valentin. Er war so verwirrt, dass er tatsächlich einen von Melanies albernen Jugendbegriffen benutzt hatte. »Hey, Papa, was hast du …?«

»Komm erst mal rein! Ich habe fast alles rausgeschafft, was in einem echten Disco-Studio nichts verloren hat.«

Valentin stellte sich auf die Tanzfläche und blickte sich um. Ein Kranz bunter Lampen war auf seinen tropfnassen Kopf gerichtet.

»Ist ja irre!«, staunte er. Er hatte das Gefühl, heiligen Boden zu betreten, auch wenn das Studio keinerlei Ähnlichkeit mit einer Kirche hatte. Ganz im Gegenteil: Statt Kerzen gab es Dutzende Spots, Spiegel und Halogenketten.

Nur das alte Holzregal mit den Kartons und Tüten erinnerte noch an die staubigen Zeiten ohne Discolicht. Als Daniel den untersten Karton mit Schwung hervorziehen wollte, sprang Valentin dazwischen.

»Vorsicht, Papa, Spiderman, lass ihn leben.« Er kniete sich vor das Regal und schob den nackten Arm in den dunklen Spalt. Kurz darauf saß die haarige Spinne auf seinem Handrücken, ihre Beine reichten vom Anfang der Finger bis fast zum Handgelenk.

»Heiliger Strohsack!«, erschrak Daniel. »Solche Monster wohnen in unserem Haus?« Schnell knipste er ein Beweisfoto mit dem Handy. »Wenn Melanie das sieht, kippt sie aus den Latschen.«

Valentin trug das »Monster« zu einem der Fensterschächte und setzte es behutsam hinein. Spiderman blieb cool. Hätte das Tier nicht mit einem der langen Vorderbeine gewinkt, hätte man meinen können, es schlafe.

»Was ist nur mit dir los?«, staunte Daniel, als sein Sohn zurückkehrte. »Normalerweise müsste ich dich jetzt reanimieren, oder dir zumindest eine Beruhigungsspritze verpassen. Ich dachte, du hasst alles, was krabbelt.«

»Das ist vorbei.« Valentin hob beiläufig die Schultern. »Zum Glück, oder?«

Mit einer Cola in der Hand ließ Daniel sich auf der Tanzfläche nieder und blinzelte hinauf. Bunte Lichtpunkte tanzten über seine Halbglatze. »Manchmal erkenne ich dich einfach nicht wieder.« Erst jetzt bemerkte er Valentins geschwollenes Nasenbein und das blauschwarz aufblühende Veilchen unterhalb seines rechten Auges. »Hast du dich etwa auch noch geprügelt?«

»Halb so wild.« Valentin setzte sich neben ihn. Der Boden war angenehm kühl unter seinem nackten Po. »Tut echt nicht weh.« Noch immer war er lediglich mit einem Handtuch bekleidet, wie gut, dass es bis über die Knie reichte.

»Was ist bloß aus meinem schüchternen, empfindlichen Sohn geworden?« Daniel stupste Valentin in die Seite. »Ein prügelnder Spinnenflüsterer.« Er wollte die Verletzungen genauer unter die Lupe nehmen, doch Valentin wehrte ihn ab.

»Lass doch! Mir geht's prächtig!«

»Kannst du mir das bitte erklären? Sag mal, Valentin, bist du etwa high?«

»Quatsch, wovon denn? Wozu brauche ich Drogen, wenn ich auch so total am Abheben bin.«

»Sag ich doch, du bist total abgehoben. Seit wann fliegst du denn, Sohnemann?«

Valentin nahm einen Schluck aus seiner Flasche. »Seit dem Unfall mit dieser Stulle Mauser. Erst dachte ich, es liegt an der Gehirnerschütterung. Aber jetzt hoffe ich, dass es nie wieder vorbeigeht, ich habe nämlich keinen Bock mehr auf diese blöde Angst, die kann mir echt gestohlen bleiben.«

»Hm.« Sein Vater blieb skeptisch. »Irgendwann wirst du wieder landen, denn keine Tankfüllung reicht für die Ewigkeit. Vielleicht sollte ich darüber mal mit Doktor Melanie sprechen, das alles ist nämlich äußerst merkwürdig.«

»Wieso merkwürdig? Ich bin jetzt ein neuer Valentin, verstehst du das nicht? Und wenn ich tanze, bin ich Val P und keiner kann mir was.«

»Einverstanden, das kenne ich gut.« Daniel lächelte. Im weichen Licht der bunten Scheinwerfer wirkte er um viele Jahre jünger. »So ging's mir auch, damals im Tanzstudio *Breitberg und Weinklein.*« Dann wurde er wieder ernst: »Angst hatte ich trotzdem oft. Ein bisschen Schiss und dünne Haut gehören eben zum Leben, sonst bist du *Ironman.* Und den gibt es nicht, das kannst du mir glauben.«

»Dann erklär mir mal, wieso ich plötzlich keine Panik mehr vor Spinnen habe. Ich kann sogar Mädchen ansprechen, ohne Spontanpickel, Luftnot und Herzrasen. Außerdem kann ich vor Millionen tanzen!«

Er präsentierte seinem Vater den letzten Klickstand: 2 065 253.

»Woah, das gibt's doch nicht. Du bist ja ein echter Star!« Daniel war platt. Er las ein halbes Dutzend Kommentare, dann tippte er auf Valentins nackte Brust: »Trotzdem. Dadrin schlägt ein Herz, und das macht eben, was es will. Man kann sich nicht aussuchen, wovor man sich fürchtet, oder was man mag, wen man liebt, oder eben nicht. Warum du und dieser grässliche Spiderman auf einmal so coole Buddys seid, ist mir unerklärlich. Brrr.« Bei der Erinnerung an die Spinne schüttelte er sich. »Jedenfalls sind Menschen keine Maschinen. Gefühle gehören zu uns wie Arme und Beine, die kann man ja auch nicht einfach abschneiden.«

»Aber wenn es dadrin immer wehtut?« Jetzt klopfte Valentin auf Daniels Brust. »Oder die Füße kribbeln, sobald ich das Haus verlasse? Oder die Schultern werden hart wie altes Brot, weil die Leute sich über meine Figur kaputtlachen? Dann würde ich am liebsten sterben, vor allem in Badehose im Freibad. Wozu soll das gut sein? Verrate mir das mal!«

»Das soll zu nichts gut sein, so ist das Leben nun mal, da ist nicht immer alles cool und easy.« Daniel seufzte. »Und nur weil die Leute dir auf einmal massenhaft beim Tanzen zujubeln, sind die noch lange nicht deine Freunde, das musst du kapieren, sonst läuft da was schief.«

»Jajaja! Aber da, wo die Freunde eigentlich sein sollten, da ist keiner, außer Pavlos. Die anderen laden mich nicht mal zu ihren WhatsApp- oder Sonst-was-Gruppen ein. Und jetzt machst du mir auch noch meine vielen Fans madig, herzlichen Dank, Papa!«

»Sorry, Valentin. Du hast recht, das ist wirklich beeindruckend. Die Wahrheit ist aber auch, dass es manchmal sehr lange dauert, bis man echte Freunde findet, die wachsen eben nicht auf Bäumen.« Er schaute noch mal auf das Handy und gab es dann zurück. »Und im Internet schon gar nicht.«

»Das sagt ja genau der Richtige!« Plötzlich wurde Valentin richtig sauer, er konnte die klugen Sprüche seines Vaters einfach nicht mehr hören. Als ob ausgerechnet *Schwester Daniel* wüsste, wie er sich fühlte, woher denn? »Dir ist doch immer alles in den Schoß geflogen!«, drehte er ordentlich auf. »Die hübschen Mädels, als du als Danny P herumgesprungen bist. Im Job mögen dich auch alle. Und du hast sogar eine schöne Ärztin abbekommen, obwohl du eine schlecht bezahlte Krankenschwester bist, und obendrein ist Melanie auch noch viel jünger als du. So was gibt's sonst nur in blöden Kitschfilmen, gib es doch zu!«

»Glaub mir, so ist es nicht«, verteidigte sich Daniel. »Jetzt halt doch mal die Luft an …«

Doch Valentin ließ ihn nicht zu Wort kommen. »Du bist noch dicker als ich, aber bei mir hat bislang nichts geklappt. Überhaupt nichts! Und jetzt gönnst du mir nicht mal die paar Klicks und Likes.« Er sprang auf die Füße. »Ihr habt einen fetten, hässlichen Pechvogel großgezogen. Guck mal!« Wie ein Truthahn breitete er die Arme aus und watschelte gackernd umher. »So bin ich dir lieber, oder was?« Noch vor wenigen Wochen hätte seine Stimme zu zittern begonnen, doch er fühlte sich hart und unverwundbar. Dabei sagte er Sachen über sich selbst, die ihm eigentlich wehtun müssten. Sein ausgestreckter Arm berührte fast die Nase seines Vaters: »Was glaubt ihr denn, wie mir das gefällt, wenn ihr vor mir kuschelt und knutscht und euch benehmt wie verknallte Irre? Habt ihr jemals dran gedacht, dass der dicke Valentin keine Freundin hat und es auch nicht so aussieht, als würde sich das so bald ändern? Auf Val P fliegen die Mädels wenigstens!«

»Tut mir leid«, sagte Daniel leise, »aber weißt du ….«

Valentin war noch nicht fertig. »Schön einfach ist das, immer über meine Sorgen zu lachen. Die verziehen sich ja irgendwann, kennen wir doch, wir waren ja auch mal jung, blablabla. Und jetzt wäre es dir lieber, wenn ich vor einer kleinen Spinne davonrenne.« Er hatte sich heißgeredet, sehr heiß. Wo war nur die Bremse? Er fand sie nicht mehr. »Du willst, dass es mir wieder schlecht geht, ich soll wie früher alleine in meinem Zimmer rumhängen und auf bessere Zeiten warten, was? Nee, null Bedarf!« Mit den Armen zog er vor sich eine unsichtbare Grenze, das Badetuch rutschte, im letzten Moment konnte er es festhalten.

»Was glaubst du eigentlich, warum ich mir so viel Mühe mit dem Disco-Studio gemacht habe?«, fragte Daniel, nachdem Valentins Wut ein wenig verraucht schien.

»Warum?«

»Weil ich das spitze finde, was du machst. Mensch, ich wusste ja auch gar nicht, dass in dir so ein toller Tänzer steckt.«

»Meinst du das ehrlich?«

»Ja! Und ob! Ich will nur sagen, verlass dich bitte nicht zu sehr auf den YouTube-Beifall und irgendwelche Fanpost im Internet. Das ist wie Schall und Rauch, darum geht es nicht. Und ganz nebenbei: Diese Spinne ist! nicht! klein!«

»Okay, okay, aber worum geht es denn?«

»Du sollst dich selbst mögen! Echte Freunde nehmen dich so, wie du bist, ohne Styling und schicke Klamotten, wahrscheinlich sogar nur mit einem Handtuch um den Bauch.«

»Ich soll also hinschmeißen?«

»Nein, bloß nicht. Tanze von mir aus bis zum Umfallen! Wenn du etwas besonders gut kannst und dabei auch noch Spaß hast, wirkt das wie ein Magnet auf die anderen. Zumindest auf die, die auch gut drauf sein wollen, und der

Rest ist nicht so wichtig. Fiese Mobber gab es immer und wird es immer geben, mit denen musste ich mich früher auch schon rumschlagen.«

Valentin senkte das Kinn, als habe Daniel ihm den Stecker gezogen. Er wusste nicht mehr, was ihn dazu gebracht hatte, seinen Vater so hart anzugreifen. Er hatte den Bogen mächtig überspannt und schämte sich, fast war die Sehne gerissen.

Daniel stand auf, ging zur Bar mit dem Soundsystem und suchte in der Playlist nach einem Lied. »Wir sollten tanzen, yeah! Vielleicht erfinden wir ja zusammen einen brandneuen Move? Den Plau-Jump, irgendwas, bei dem wir zusammen abheben! Was denkst du?«

Valentin nickte und schlich dann in den Wäschekeller. Kurz darauf stand er in frischen, aber zerknitterten Discoklamotten neben Daniel auf dem Dancefloor. »Was hältst du davon: Erst grooven wir, bis wir richtig im Gleichtakt sind, dann zähle ich bis vier, und wir springen mit gestreckten Beinen in die Luft. Gleichzeitig tippen wir mit den Händen gegen unsere Fußspitzen?«

»Du meinst, so eine Art fliegender Spagat?« Daniel runzelte die Stirn. »In meinem Alter, oje, ob das gut geht? Das klingt verrückt, aber wir sollten es unbedingt probieren!«

Sie tänzelten ein paar Schritte vor und zurück, und als die Gelenke weich waren und sie sich bereit für den »Plau-Jump« fühlten, gab Valentin das Kommando:

»Eins – zwei – drei – vier – *jump!*«

Fast gleichzeitig sprangen sie ab, rissen die Beine hoch und schwangen die Arme nach unten. Doch kurz bevor ihre Finger die Schuhspitzen berührten, sausten sie schon wieder zurück auf den harten Dancefloor. Daniel lag als Erster am Boden, Valentin landete schwer, aber weich auf ihm. Japsend und keuchend kugelten sie sich zur Bar und halfen sich unter lautem Gelächter gegenseitig auf die Füße. Daniel reichte Valentin einen kühlen Drink: »Los, Val P, jetzt lassen wir die Disco-Sau raus, aber so was von!«

Eine ganze Stunde lang tobten sie herum wie Irre in einer knallbunten Gummizelle. Ohne Hemmungen ließen sie sich treiben von Lied zu Lied, von einem waghalsigen Move in den nächsten, manchmal boxten sie sich, manchmal schwangen sie die Arme kämpferisch in die Höhe. Als ihre Kräfte nachließen, wählten sie Songs, zu denen sie nicht mehr ganz so viel Gas geben mussten, und zum Schluss wankten sie umher wie müde Zombies – armebaumelnd, mit schaukelnden Köpfen. Wäre es nicht so laut in *Vals Disco-Studio P* gewesen, hätten sie sich gegenseitig grunzen und schnaufen gehört.

Um sieben Uhr am nächsten Morgen kam Melanie gähnend von ihrer Nachtschicht heim und entdeckte die schnarchenden Tänzer im Keller. Arm in Arm schliefen sie am Boden und raubten sich gegenseitig die wenigen Reste Sauerstoff. Das Licht der rotierenden Strahler rauschte noch immer über ihre entspannten Körper, nur die Nebelmaschine hatte ihr letztes Tröpfchen verdampft. Auch Valentin und Daniel hatten alles gegeben, Melanie konnte es riechen. Schmunzelnd breitete sie zwei Decken über ihnen aus und öffnete das Gitterfenster zur Kellerluke. Luft – was der Keller am nötigsten hatte, war Luft! Sie stützte sich auf den Betonsims und sog die Morgenfrische tief in ihre Brust. Wie gut das tat, nach einer anstrengenden Nachtschicht. Mit geschlossenen Augen freute Melanie sich noch mal im Stillen über ihre beiden tanzwütigen Männer, die da so einträchtig schnorchelten.

Als sie die Augen wieder öffnete, schrie sie. Sie erreichte das dreigestrichene C. Eine sehr hohe Note, die sie ohne gegebenen Anlass niemals getroffen hätte. Spiderman streckte ihr unerschrocken ein Bein entgegen. Die anderen sieben hatte er zwischen den steil aufgestellten Haaren in Melanies Arm gestemmt. Noch während sie kreischte, hatte sie den seltsamen Gedanken, dass die riesige Kellerspinne ihr Guten Morgen sagen wollte. Spiderman verzog sich wieder in seine schattigen Winkel und Melanie flüchtete aus dem Keller.

Gül in Love

Louise war im Hungerstreik, denn nichts schmeckte hier so gut wie zu Hause. Wieder einmal hatte sie das Frühstück kaum angerührt: Es gab Kräuterquark und Vollkorntoast, außerdem Haferkleie in Buttermilch – kein Nutella, keine Marmelade und kein leckeres Rührei. Und nun, zum Mittag, versank der pappweiche Brokkoli in schlabberigem Joghurt neben einer trockenen Insel aus salzlosem Reis. Der Nachtisch bestand aus eingemachten Früchten ohne Zucker. Ohne Stulle Mauser! Auf die Art nahm sie wenigstens ab, ohne stundenlang auf dem Trainingsrad zu schwitzen, zumindest hoffte sie das.

Louise war aber nicht nur hungrig, nein, sie war auch hundemüde, denn sie hatte kaum geschlafen. Schuld daran war Gül, die ihr jetzt fröhlich futternd gegenübersaß. Irgendwann in der Nacht hatte sie unter unverständlichem Gebrabbel das Zimmer verlassen und Louise aus dem Schlaf gerissen. Ein Albtraum? Oder plagte sie Heimweh? Falls Gül Trost brauchte, wollte Louise zur Stelle sein, also war sie ihr leise gefolgt. Erst vor dem großen Fenster mit Blick über das schlafende Bad Singbein hatte sie Gül eingeholt. Mit ausgestrecktem Arm zeigte Gül Richtung Busbahnhof. Ihre Augen waren halb geschlossen, die Schlafanzughose war halb über ihren kugelrunden Po gerutscht. Louise hatte die Frotteehose wieder hochgezogen, ohne dass Gül es bemerkte. Auch das noch, eine Schlafwandlerin! Irgendwo hatte Louise mal gelesen, dass man Mondsüchtige bloß nicht wecken sollte; den Grund hatte sie vergessen.

Was war ihr also anderes übrig geblieben, als bei Gül zu warten, bis sie von alleine aufwachte, oder jemanden vom Personal zu alarmieren. Auf keinen Fall wollte sie Gül ihrem Schicksal überlassen, schließlich lag die Diätklinik hoch oben auf einem Berg. Ihre Zimmergenossin würde eine Weile rollen, bevor es wieder geradeaus ging, hatte sie leise kichernd gedacht, sollte sie sich in ihrem tranigen Zustand entschließen, das Haus zu verlassen, und dabei ins Stolpern geraten.

Das alles hätte nicht ausgereicht, Louise die Nacht zu versauen – beim Einschlafen machte ihr keiner so schnell was vor. Selbst das Schnarchen von Viv und Bi ließ sie völlig kalt, doch Gül hatte während ihres Gebrabbels ein Wort geflüstert, das Louise aus ihren Träumen gerissen hatte. Sie hatte es nicht gleich verstanden, doch draußen auf dem Flur tat Gül ihr den Gefallen, es zu wiederholen. Mit gesenkten Armen hatte sie ihre Lippen gegen die Scheibe gedrückt und »Pavlos« gehaucht.

Bei der Erinnerung an diesen Moment fuhr Louise auch jetzt noch ein wütender Schauer über den Rücken, genervt schob sie den Teller mit dem kalten Mittagsmenü von sich. Nur den Nachtisch behielt sie unentschlossen im Auge.

Gibt es in Güls Leben etwa auch einen griechischen Verehrer?, hatte sie sich in der Nacht vor der großen Scheibe gefragt und die Ohren gespitzt, vielleicht hatte sie sich ja auch nur verhört.

Doch wenige Sekunden später hatte Gül diese kleine Hoffnung zerstört: »Pavlos, mein Pavlos!«

Das konnte kein Zufall gewesen sein. Nicht, nachdem Pavlos gerade erst in Bad Singbein aufgetaucht war. Wie gut, dass niemand in diesem Moment Louises Blutdruck überprüfte, das Gerät wäre ganz sicher an seine Grenzen gestoßen – sie hätte platzen können vor Wut. Nach einem Umweg über das Dienstzimmer der Nachtschwester (»Da draußen steht eine liebestolle Schlafwandlerin, kümmern Sie sich mal darum.«) war sie zurück in ihr Bett gekrochen, ohne auch nur eine einzige Minute Schlaf zu finden. Alle ihre Gefühle für den armen, verlassenen Kerl waren verschwendet gewesen! Dieser Heuchler hatte nicht mal gewartet, bis er im Bus saß, bevor er sein Herz an die Nächstbeste verschenkt hatte. Louise war reingefallen auf einen Strauß Blumen, einen zerplatzten Ballon, kullernde Krokodilstränen und jede Menge heiße Luft. Um ein Haar wäre sie ihm sogar hinterhergelaufen!

Beide Zeiger der großen Uhr über der Tür standen jetzt senkrecht, das Mittagessen war vorbei, die schrecklichen Erinnerungen an die vergangene Nacht hatten Louise den Appetit auch noch komplett verdorben.

Das ist für dich, Spacko Lipsi!, fauchte sie innerlich und versetzte dem Tischbein einen ordentlichen Kick.

Dummerweise schrie das Tischbein auf. »Autsch! Was soll das, Lu? Du bist manchmal so bitchy!«

»Sorry, Gül, tut mir voll leid.« Das hatte Louise nicht gewollt, aber wenigstens hatte es die Richtige getroffen.

Zwei dicke Kumpels bei Kult-Uschi

Uschi drückte ihre Zigarette aus, dann huschte sie mit verstohlenem Blick zurück in ihren Salon. Kurz darauf erlosch die leuchtende »*WELL KAMM IN*«-Reklame im Schaufenster und die Rollläden rauschten krachend runter. Es war Samstag, früher Nachmittag, und ihre letzten Kunden warteten ungeduldig nebeneinander in den bequemen Frisierstühlen. Uschi hatte jedem von ihnen einen Becher Mineralwasser hingestellt, aber Pavlos hatte nur das Gesicht verzogen. Wie immer hatte er eine große Flasche Mezzomix dabei.

»Uschi, wo bleibst du denn? Wir haben heute noch was Wichtiges vor«, beschwerte sich Valentin. Dann nippte er schlürfend an seinem Plastikbecher, was einer gewagten Zirkusnummer gleichkam, weil er genau wie sein Freund mit dem Kopf halb im Waschbecken hing. Pavlos würde ihn beim heutigen Battle gegen Emil unterstützen, als DJ und Ansager. Während der letzten Woche hatten sie das Disco-Studio kaum noch verlassen. Stavros hatte sie mit griechischen Leckereien aus dem *Lipsi Grill* versorgt, wann immer seine Liefertour ihn in die Nähe der beiden geführt hatte. Und Valentins Eltern waren froh, dass sie nicht daddelnd bei *Kings and Rings* rumhingen.

Während Uschi nach dem Schlüssel kramte, flog die Ladentür klingelnd auf.

»'tschuldigung, wie kommen wir zum Richthang?«, erkundigte sich eine Mädchenstimme.

Im Hintergrund erschallte Gelächter, irgendwer stieß Flaschen gegeneinander.

Fast gleichzeitig rissen Valentin und Pavlos die Köpfe hoch, doch Uschi versperrte ihnen die Sicht.

»Zweimal links, über zwei Ampeln, dann rechts die Reihenhäuser, kapiert?«, antwortete sie und schloss hastig ab. »Die sahen alle so abgedreht aus wie du, Val P, ist wohl 'ne Seuche. Wieso trinken die schon am Nachmittag Alkohol?«, wunderte sie sich und ließ ihren Kaugummi dreimal hintereinander laut knallen.

Valentin kannte niemanden, der diese Technik sonst noch beherrschte. »Mir egal, was die trinken, aber da stimmt doch was nicht. Hey, Uschi, das kann kein Zufall sein!«, stutzte er. »Das Straßenfest war letzten Monat, was wollen die am Richthang?«

Uschi zuckte die Schultern. »Verwandte besuchen, grillen, auf dem Spielplatz abhängen …«

»Freiluftknutschen!«, fiel Pavlos ihr grinsend ins Wort.

»… 'ne Party einläuten«, fuhr Uschi fort, »da gibt es unzählige Möglichkeiten.« Wieder ließ sie ihren Kaugummi platzen, laut wie Knallfrösche. »Jetzt halt endlich still, ich will heute auch noch feiern.« Sie shampoonierte Valentins Haare und tastete dabei seine Kopfhaut ab. »Die Beule ist weg, aber die Schraube scheint noch locker zu sein. Mensch, Valentin, oder Val P, oder wie auch immer, du musst langsam wieder normal werden! Zum Glück scheint dein Freund ein bisschen vernünftiger zu sein.«

Pavlos nickte und schnupperte in ihre Richtung wie ein nasser Mops. »Toll, wie Sie riechen, Frau Uschi. Ich tippe auf Chanel Nummer fünf, edel und sehr teuer, vom Feinsten!«, süßholzraspelte er ungehemmt.

»Nee. Vom Lidl, *Suddenly Woman*, vier Euro.« Uschi verdrehte die Augen. Nachdem sie auch Pavlos die Haare gewaschen hatte, reichte sie beiden ein Handtuch. »Ordentlich trocken rubbeln«, befahl sie. »Pavlos, du bist als Erster dran.«

Er hatte das Foto eines amerikanischen Filmstars mit italienischen Wurzeln mitgebracht, dessen Weltkarriere vor langer Zeit mit einem Film, in dem es um Discotanz ging, erst richtig in Schwung gekommen war. »Kriegen Sie das so hin?«

»Nein, du auch?«, stöhnte Uschi auf. »Von wegen vernünftig!«

Während Uschi sich Pavlos widmete, nutzte Valentin die Zeit, um endlich eine Nachricht an *LAZ* zu tippen.

Liebe LAZ,

mir geht es gut, wie geht es dir? Weil du mir nicht mehr schreibst, tappe ich voll im Dunkeln. Dabei habe ich so viele Fragen: Habe ich was Falsches gesagt? Sag's mir, dann nehme ich es zurück. Oder du vergisst es einfach. Hast du etwa einen Freund? Ich würde um dich kämpfen! Aber wie soll ich das machen, wenn du dich nicht meldest! Schickst du mir noch ein Foto? Ich habe nur deinen Po. Über ein Bein würde ich mich ächt freuen, später kannst du ja noch das andere Bein und vielleicht einen Arm schicken usw. Ich drucke dann alles aus und klebe es zusammen, und irgendwann weiß ich Be-

scheid. Soll ich das auch so machen, mit den Bildern, meine ich?

Aber mal was ganz anderes: Ich muss heute zum ersten Mal gegen jemanden antreten. Nicht an der Playstation oder so, nee, in ächt! Ein Duell. Mann gegen Mann, wie findest du das? Aber ich habe keine Angst. Der andere kann mir nichts, der will nur zeigen, dass er der King ist, ist halt so seine Art. Da kann nichts schiefgehen, denn ich bin topfit, ganz nebenbei habe ich sogar ein paar Kilo abgenommen! Drückst du mir die Daumen? Heute kämpfe ich nur für dich! Dein MARSMAN1

Und tatsächlich, heute war Luna wieder auf Zack – sie schrieb sofort zurück!

LAZ:

Lieber MARSMAN, entschuldige, im Moment ist mir nicht so nach Schreiben. Ich fühle mich hier so einsam, auch wenn ganz viele andere um mich herum sind. Das macht mich sehr traurig. Aber sag mal: Warum willst du denn abnehmen, ich dachte, du bist dünn!? LG LAZ

PS: Hier hast du mein Bein. Das rechte!

MARSMAN1:

… ich will gar nicht abnehmen, ist einfach so passiert. Magst du etwa nur Heringe? Ich meine schlanke Typen? Bist du jetzt enttäuscht? Ich bin mehr so ein dicker Fisch, ein super Fang, will ich damit sagen, hihihi.

Dein M1

Ach, danke für das rächte Bein, aber wenn ich später alles zusammenklebe, ist dein Po vorne, oder dein Knie hinten, wie man's nimmt.

LAZ:

LOL! Daran hatte ich gar nicht gedacht. Trotzdem schicke ich dir mein linkes Bein, so sieht's bestimmt total lustig aus. Ich mag eigentlich keine Heringe, ist mir egal, wenn einer dick ist. Du klingst so cool, aber oft sind die lässigen Typen eben schlank, im Film und im Fernsehen und so. Oder hast du schon mal einen fetten Superhelden gesehen? Wir Dicken sind immer die Trottel, über die alle lachen. Das ist voll fies. In meinen Träumen warst du dünn, weil du so mutig klingst. Wie ein Kämpfer. Aber jetzt bist du eben pummelig, das gefällt mir noch viel besser! Ist voll einzigartig. Warum hast du ein Duell? Bist du ein Boxer? Bitte pass gut auf dich auf!

Knuddelküsschen! LAZ

MARSMAN1:

Ich passe auf mich auf, versprochen! Ich habe auch von dir geträumt, LAZ, voll romantisch war das, mit Umarmen und Küssen. Seit ich dein Foto habe, ist ein Teil von dir immer bei mir, das macht es noch leichter, von dir zu träumen, und das Küssen geht auch sehr gut so!

LAZ:

Küsst du etwa meinen Po? Damit solltest du schnell aufhören! Warte, ich mache ein Bild von meinem Arm. Küsse auf meinen Arm mag ich viel lieber. Lass mir noch etwas Zeit, dann schicke ich dir auch mein Gesicht. Aber zurzeit fühle ich mich so unsicher. Hast du noch Geduld mit mir, lieber MARSMAN1?

Valentin konnte nicht mehr antworten. Uschi hüllte Pavlos in eine Wolke aus Haarspray, bis sie alle drei husten mussten, dann war er an der Reihe.

»Wie üblich, schätze ich. Da reicht ein Korrekturschnitt«, brummte Uschi und rollte, bewaffnet mit Schere und Rasiermesser, auf ihrem Stuhl zu ihm rüber. Plötzlich meldete sich ihr Handy in der Gesäßtasche.

Pavlos zeigte auf ihre leuchtende linke Pobacke. »Da klingelt's!«

»Na, du bist mir ja ein Früchtchen«, sagte Uschi grinsend, nahm ab und aktivierte den Lautsprecher, damit sie während des Telefonierens weiterarbeiten konnte.

»Sag mal, Uschi, hast *du* die alle verbrochen?«, meldete sich eine aufgedrehte Stimme.

»Ach, du bist es, Amber, wovon sprichst du? Spielst du Mäuschen vor der Tür oder was?« Uschi warf einen Blick auf die Jalousien, doch die waren vollständig geschlossen.

»Bist du blind? Ich spreche von den vielen jungen Leuten, die durch die Stadt ziehen. Die sehen alle aus wie mein Vater in seinen schlimmsten Zeiten. Und diese Frisuren! Sei mir nicht böse, liebe Uschi, aber dieser crazy Topflappencut von dem fetten Jungen, wie heißt der noch gleich … äh, genau, Val P! Über den reden ja alle zurzeit, der geht doch auf deine Kappe, gib es zu! Auf YouTube hat er gestern die dritte Million bei seinen Klicks überschritten, ist das zu fassen?«

Uschi warf Valentin einen fragenden Blick zu.

Er hob unschuldig die Schultern: »Tja, jetzt sind es fünf Millionen.«

»Mach's gut, Amber, ich muss arbeiten.« Uschi legte auf, lief zum Fenster und zog am Riemen der Rollläden. »Was hat Amber nur gemeint mit …?« Auf einmal stockte sie. »Ich glaube, es hackt!«

Valentin und Pavlos machten sich lang. Vier Jugendliche drückten ihre Nasen an der Scheibe platt. Über ihren Köpfen hielten sie ein Plakat. *Liebe Kult-Uschi, mach uns die Frise von Val P!*, stand darauf in Glitzerbuchstaben.

Uschi ließ die raue Kordel durch ihre Handfläche flutschen, die Läden rasten wieder runter. »Was ist denn das für ein Riesenquatsch, erklär mir das bitte mal, Mister Val P! Da steht was von Kult-Uschi, wie kommen die bloß auf so was?«

»Na ja, ich hab deinen Namen mal erwähnt, weil so viele auf YouTube wissen wollten, wer mir die Haare macht.« Valentin zog den Kopf ein – Uschi stand dicht bei ihm, das aufgeklappte Rasiermesser nah an seinem Ohr.

»Na, herzlichen Dank auch«, zischte sie. »Aber was wollen die plötzlich alle hier in Brüllach?«

»Keinen Schimmer, Uschi, echt nicht, sorry! Das ist alles sehr, sehr seltsam.«

Kurz darauf raunte die Friseurin: »Fertig. Schau mal, ob es deiner irren Vorstellung entspricht, Val P.«

Dieses Mal hatte sie sich selbst übertroffen. Valentin konnte sein Glück kaum fassen. Diese Frisur war eine Krone für jeden Disco-King, die steife Sahnehaube für sein Samstagnachtstyling. Seine Begeisterung spülte die letzten Zweifel fort, er würde *LAZ* zuvorkommen. Mit eingezogenen Wangen und neckischem Augenaufschlag knipste er ein Selfie. Seine nächste Nachricht würde nur aus einem Foto bestehen. Ungeduldig lud er das Bild in den Privatchat; du meine Güte, das dauerte, erst 8 Prozent! Plötzlich donnerte jemand gegen die Rollläden.

»Aufmachen! Polizei!«

Vor Schreck ließ Valentin das Handy in seinen Becher fallen – das Wasser spritzte hinauf bis auf die Discofrisur.

Mit gespieltem Schreck spuckte Uschi ihr Kaugummi in einen Treteimer. »Ich hab's ja geahnt. Jetzt kriegen die mich dran wegen Körperverletzung. Verdammt, ich hab doch nur Befehle ausgeführt, ich bin unschuldig!« Kichernd versetzte sie Valentin einen Klaps an den Hinterkopf. »Vielen Dank auch, Herr Plau! Die machen mir glatt den Laden zu.«

Valentin fischte das Handy aus dem Becher, aber er machte sich nichts vor, das Teil war hinüber. Die Unterhaltung mit *LAZ* war erst einmal beendet, und sein Selfie hatte sie ganz sicher auch nicht bekommen.

»Na, wo brennt's denn?« Neugierig öffnete Uschi die Tür.

Valentins Blick blieb an Pavlos hängen. Für einen Jungen, dessen Vorfahren von einer sonnenverwöhnten Mittelmeerinsel stammten, war sein Freund plötzlich seltsam bleich. Vorwurfsvoll starrte er auf seine Hände, als hätten die irgendwas angestellt, ohne ihren Besitzer um Erlaubnis zu fragen. »Oh, Mist, noch mal«, flüsterte er. »Ich blöder Hammel.«

Was war denn mit dem los? Valentin zog den Frisierumhang weg und fuhr herum. Der Polizist war nicht alleine gekommen. In seinem Schlepptau betraten gerade Herr

Mauser und Herr Lipsi den Salon. Pavlos' Vater schaute grimmig unter seiner fleckigen Kochmütze hervor, die Hände in seinen Taschen waren deutlich zu Fäusten geballt. Herr Mauser wirkte eher verwirrt und ratlos, im Arm trug er einen seltsamen Gegenstand. Valentin konnte es kaum glauben: Es war eine weibliche Brust. Sie war schneeweiß und aus Stein – was hatte das zu bedeuten?

Brüllach, Am Richthang 28

Wie in einem echten Krimi hatten sie Pavlos aus dem Salon geführt. Der Polizist hatte seinen Kopf durch den Türrahmen des Polizeiautos geschoben und das ruiniert, was Uschi ohne viel Liebe aber mit großem Geschick zuvor gezaubert hatte. Valentin fiel es schwer, die Bilder aus seinem Kopf zu vertreiben. Geschockt und nachdenklich radelte er zurück zum Richthang. »Warum hast du das getan?«, hatte er seinen kreidebleichen Freund noch durch das offene Fenster fragen können.

»Die Nackten waren einfach zu perfekt, das hat Stulle total crazy gemacht«, hatte Pavlos traurig geantwortet.

Dann waren Herr Lipsi und Herr Mauser ebenfalls eingestiegen und davongefahren.

Die Geschichte war einfach unglaublich, noch im *WELL KAMM IN* hatte Pavlos alles gestanden: Nicht nur Valentin und sein Vater hatten es am Freitag vor einer Woche ordentlich krachen lassen, auch er war ausgeflippt – und wie! Bis kurz vor Mitternacht hatte Pavlos im *Lipsi Grill* geholfen. Wie in fast jedem griechischen Restaurant gab es auch dort für die Gäste zur Begrüßung einen Gratis-Ouzo, also einen hochprozentigen Schnaps aus Anis. Bislang war er vor dem süßlich beißenden Geruch zurückgeschreckt, doch in jener Nacht hatte er heimlich probiert und erst beim dritten Gläschen haltgemacht. Sein Liebesfrust hatte ihn anschließend geradewegs in den Garten des Mauser'schen Anwesens getrieben, wo er sämtliche nackten Griechen von ihren Sockeln gestoßen hatte – so seine Beichte. Der Rest war ein Scherbenhaufen aus Armen, Beinen, Köpfen und eben auch der Beweisbrust, die Herr Mauser mit in Uschis Salon gebracht hatte. Er und seine Frau waren verreist gewesen und erst gestern heimgekommen. Pavlos hatte nichts geleugnet, wie hätte er auch erklären sollen, dass sein Rucksack unter Hermes, dem Götterboten, begraben lag. Er war betrunken gewesen, zum ersten Mal.

»So hast du ihn doch noch kleingekriegt«, fauchte Valentin wütend in den Fahrtwind. Die Erinnerung an seinen unglücklichen Freund zerriss ihm fast das Herz. »Das zahl ich dir heim, Stulle Mauser, so kannst du nicht mit uns umgehen!« *Mich hast du umgenietet und Pavlos das Herz gebrochen!*, dachte er voller Zorn.

Er bog in den Richthang und bremste so hart, dass der Geruch von verschmortem Gummi in seine Nase stieg. Der Anblick der kleinen Straße hätte ihn fast aus dem Sattel geworfen. Die Straße war überfüllt. Und nicht nur die Straße! Bis in die Vorgärten und Auffahrten drängten unzählige bunt kostümierte Val-P-Klone. Zur Nummer 28 hin wurde die Traube aus johlenden und tanzenden Discofreaks immer dichter. Direkt vor der 28 parkte ein Transporter, auf dessen Dach sich eine große Antenne der frühabendlichen Sonne entgegenstreckte. An der Seite prangte das Logo eines bekannten Fernsehsenders. Wie sollte er es unerkannt bis zur Wohnungstür schaffen?, rätselte Valentin. Und woher kannten die bloß alle seine Adresse?

Blitzschnell riss er das Rad herum und machte kehrt. Ein schmaler Gang zog sich entlang der Reihenhausgärten, die alle nach hinten raus lagen. Er hoffte, dass noch niemand auf die Idee gekommen war, sein Zuhause von der Rückseite zu belagern, der Zugang befand sich in der nächsten Parallelstraße. Doch auch hier tingelten schon die ersten Flashmobber – um die es sich hier zweifellos handelte –, um einen Zugang zum Disco-Studio zu finden. Es waren die Uschi-Fans von vorhin, das Plakat hielten sie schwankend in die Höhe. »Wir sollten tanzen, yeah! Tanzen, yeah!!«, drang es aus ihren Kehlen, durch die an diesem Nachmittag ganz sicher schon das eine oder andere Bier geflossen war.

Mit eingezogenem Kopf überholte Valentin die grölenden Fans. Er steuerte zu dem Pfad hinter den Gärten und hoffte, sie würden ihm nicht folgen. Als er sein Rad neben den ahnungslos sonnenbadenden Turtletwins auf den Rasen warf, erwartete ihn der nächste Schock: Drei Mädchen standen auf der Terrasse dicht beieinander und streckten ihm ihre Pos entgegen. Aufgeregt auf und ab schaukelnd, linsten sie ins Plau'sche Wohnzimmer. Es war vier Uhr am Nachmittag, Melanie und Daniel waren sicher noch im Freibad. Gute zwei Meter über den Eindringlingen klammerte sich der fauchende Sisy an die Regenrinne.

»Hey, was macht ihr da? Verschwindet gefälligst!« Valentin stemmte die Hände in die Seiten, er war stinksauer. Was trieben die Fremden in seinem Garten? Doch so unbekannt waren ihm die Mädchen gar nicht, als sie sich umdrehten.

Ohrenbetäubendes Kreischen ließ die Turtles am Teich zusammenfahren.

Bi: »Val Peeeee!

Viv: »Er ist es!«

Gül: »Erkennst du uns denn nicht? Wir sind's!«

Sie umringten ihn so dicht, dass Valentin kurz schwindelig wurde. Er konnte sich kaum rühren, ohne die Mädchen an einer verbotenen Stelle zu berühren, also hielt er still. Dann kam ihm eine Idee. Wer sollte eigentlich über Sieg und Niederlage bei der Battle gegen Emil entscheiden? Daran hatte er überhaupt nicht gedacht.

»Ihr seid die Jury!«, keuchte er mit eingezogenem Bauch.

Die Gesichter der Mädchen verwandelten sich in geschminkte Fragezeichen. »Die Jury?«, hauchten sie ihm aus nächster Nähe entgegen.

Valentin identifizierte Minzbonbon, Kirschkaugummi und Gummibärchen und hielt den Atem an – Rettung brachten erst die betrunkenen Uschi-Fans.

»Hier sind wir richtig!«, brüllte einer und machte sich auch gleich am Gartentor zu schaffen.

Valentin deutete hektisch zum Kellereingang, eine Treppe führte hinunter zu einer grauen Metalltür, gleich dahinter befand sich sein Disco-Studio. »Schnell, wir müssen fliehen!«

Endlich gaben sie ihn frei. Mit Viv an der einen und Bi an der anderen Hand stürmte er los, gleich gefolgt von Gül. Zu viert stolperten sie hinunter – ein Schlüssel für Notfälle klemmte in einer Mauernische oberhalb der Kellertür.

»Halt – die Turtles!« Valentin drehte um, sammelte die Tiere ein und verschloss gleich darauf hektisch die Tür hinter ihnen.

Die Mädchen waren überwältigt, sie hatten das Ziel ihrer Träume erreicht:

»Boah!«

»Derbe!«

»Voll phatt!«

Mit großen Augen bestaunten sie das originale *Vals Disco-Studio P* wie eine Pilgerstätte. Schnell hatten die Freundinnen auch die Quelle für Limos und andere bunte Drinks entdeckt. Sie klimperten so überzeugend mit den Augen, dass Valentin keine Wahl blieb, als jeder einen bunten Strohhalm in eine geöffnete Flasche zu schieben, nachdem er die Turtles in einem der Fensterschächte geparkt hatte. Viv, Bi und Gül machten es sich fröhlich schnatternd an der Bar bequem und fotografierten sich gegenseitig vor dem Pappschild mit dem berühmten Schriftzug.

»Wo bleibt denn dein netter Freund?«, wollte Gül wissen. »Der süße Pavlos. Ist er immer noch so traurig?«

Bevor Valentin erklären konnte, wie es um den armen Kerl stand, gab es draußen plötzlich einen Tumult. Fäuste donnerten gegen die graue Außentür.

»Lass uns rein, Valentin! Wir sind's, Melanie und ich und ...!« Daniels Stimme brach ab.

Dann hörte Valentin seine Mutter pfeifen und schreien: »Zieht Leine, seid ihr denn alle bekloppt geworden? Daniel, alarmier die Polizei!«

Kaum hatte Valentin den Schlüssel umgedreht, krachte ihm die Tür auch schon wie eine Faust entgegen. Er rettete sich zur Bar und landete auf Bis Schoß.

»Hey, du gehst ja ran!« Bi kicherte.

Daniel umklammerte die Klinke, in seinen Augen stand helle Panik. »Da kommen noch mehr, Mel, los, rein hier!«

»Äh, sorry!« Valentin kletterte von Bi herunter, um Daniel an der Tür beizustehen. *Warum kommt Melanie nicht, auf wen wartet sie?*, wunderte er sich. Da erblickte er seine Mutter, wie sie oberhalb der Treppe mit ihrer Sporttasche rotierte, um die Fremden fernzuhalten. Gleichzeitig versuchte sie, mit ihrer Luftpumpe einen Gang frei zu fechten.

Plötzlich verstand Valentin: Zwei Klassenkameraden zwängten sich durch die Menge – Emil und Linda-Ev flogen förmlich die Stufen hinunter, und als endlich alle in Sicherheit waren, drückte Daniel die Tür zu, Valentin verriegelte wieder das Schloss. Doch ihnen blieb nur wenig Zeit zum Durchatmen, denn nun klingelte es stürmisch im Erdgeschoss an der Haustür.

»Mir reicht's!« Giftig trottete Daniel hinauf und kam bald darauf zurück. Gleich hinter ihm betraten eine junge blonde Frau mit einer Kamera auf der Schulter und ein älterer Mann mit Mikrofon das Studio. Trotz der hohen Temperaturen trug er einen karierten Anzug mit Weste, Fliege und zu kurzen Hosenbeinen, darunter gelbe Socken in blauen Lederslippern. Seine gewellten Haare und der dichte Bart waren grau und perfekt frisiert.

»Wieso hast du die reingelassen?«, rüffelte Melanie ihren Mann. »Sind die aus derselben Irrenanstalt entflohen wie der Rest dadraußen?«

»Ich kann nichts dafür, bevor ich bis drei zählen konnte, standen die schon im Hausflur«, verteidigte sich Daniel keuchend.

Der Mann streckte Melanie die Hand entgegen. »Nichts für ungut, Gnädigste. Sie kennen mich doch bestimmt, ich bin der Moderator der Kultsendung *Eier und Speck* – die Morgenshow mit Bert Schamiśo, läuft bekanntlich im TV-Frühprogramm, täglich von Montag bis Freitag. Für Sie einfach Schami.« Er präsentierte zwei Reihen schneeweißer Zähne und zeigte auf seine Begleiterin mit der Kamera. »Und das ist … hm, … genau, unsere Prakti, äh …«

»Silke«, kam ihm die junge Frau zu Hilfe.

»Ist das nicht unglaublich?«, schwärmte der Fernsehmann. »Ihr berühmter Sohn ist der Grund für diesen sensationellen Flashmob!«

Viv, Bi und Gül meldeten sich johlend von der kleinen Getränkebar.

»Und dafür sind Sie extra nach Brüllach gereist?«, erkundigte sich Melanie humorlos. »Mein lieber Scholli, äh, Schami! Aber wer hat diesen Wahnsinn überhaupt angezettelt?«

»Irgendein vorwitziger Lümmel in den endlosen Weiten des Internets.« Schamiśo zog die Schultern ratlos rauf und die Mundwinkel runter. »Das lässt sich unmöglich nachvollziehen.« Dann gab er Silke ein Zeichen zu filmen. »Wir planen einen Auftritt mit ihrem Sohn in unserem Programm, live, früh am Morgen«, fuhr Schamiśo lächelnd fort. »Sie ahnen ja gar nicht, wie viele Zuschauer wir haben, Frau Plau.«

»Das ist richtig, Herr Schami, da schlafen die Plaus für gewöhnlich noch oder sind schon zur Arbeit oder in der Schule. Und jetzt nehmen Sie Prakti Silke an die Hand und verziehen sich wieder, aber fix!«

»Moment mal, Mama«, mischte sich Valentin ein. »Wenn er schon mal hier ist, kann er doch wenigstens ein Interview machen oder meinen Discostyle filmen.«

Emil trat vor und nickte. »Gute Idee, oder gleich die ganze Battle!«

»Macht doch, was ihr wollt, ich gehe rauf und rufe die Bullen, die sollen die Straße räumen, aber gründlich«, verabschiedete sich Melanie. »Ach ja, Valentin«, meldete sie sich noch mal von der Treppe, »frag Herrn Schami, ob er sein Portemonnaie dabeihat, mit der Gage darfst du mein neues Kräuterbeet bezahlen, verstanden?«

»Mach ich, kein Ding!« Valentin ahnte, dass die Meute längst alle Pflanzen platt getrampelt hatte.

»Na, dann kann es ja losgehen!« Bert Schamiśo rieb sich freudig die Hände.

Die Battle

Valentins Stylingwahl glich einer Kampfansage: rotes Hemd, rote Stiefeletten, schwarze Hose, dazu ein breiter Gürtel mit einem Drachenkopf als Schnalle. Nur der grüne Walfischkamm in der Gesäßtasche deutete noch an, dass die Tanzerei mal als großer Spaß begonnen hatte. Während Emil mit zusammengepressten Kiefern auf den Beginn der Battle wartete, fragte sich Valentin, warum fast alles, was Jungs taten, sich irgendwann in einen Wettstreit verwandelte, fast bereute er es, ihn herausgefordert zu haben.

Sein ehrgeiziger Mitschüler trug einen neuen hellblauen Anzug, der offensichtlich extra für diesen Anlass geschneidert worden war. Den weißen Hemdkragen hatte er über das Jackett geschlagen. Seine Füße steckten in feinsten Lackschuhen, genau wie die von Linda-Ev. Auch sie wirkte verkrampft und lächelte gequält, wann immer Prakti Silke die Kamera auf sie richtete. Ihr Gesicht war professionell geschminkt und das teure Kleid fiel bei jeder Bewegung schwerelos um ihren sportlichen Körper. Warum hatte Emil sie überhaupt mitgebracht? Nur zum Händchenhalten hätte sie sich nicht so aufbrezeln müssen. Für die zwei war es ein Kinderspiel, gut auszusehen – gut drauf zu sein dagegen, fiel ihnen nicht ganz so leicht. In ihren Kostümen hätten sie auf jedem Abschlussball den ersten Preis für das schönste Paar bekommen – in Valentins bunt blinkendem

Disco-Studio wirkten sie wie Konfirmanden auf dem Rummel.

Das Lied zur Battle war vier Minuten lang, jeder hatte genau eine Minute Zeit, die Jury zu beeindrucken, dann würde es fliegende Wechsel geben. Viv öffnete die Stoppuhr-App, Bi fotografierte und Gül startete den Song. Emil zeigte sich großzügig und überließ Valentin den ersten Durchgang, den er auch gleich mit einer lässig geschlenderten Runde um den Dancefloor begann. Dazu klatschte er rhythmisch in die Hände, um die anderen in Stimmung zu bringen. Vor Emil blieb er kurz stehen und sah ihm direkt in die Augen. Dazu ließ er weiter seine Hüften kreisen, das kleine Goldkettchen hielt er zwischen den gebleckten Zähnen. Prakti Silke verfolgte jeden seiner Schritte, ihr Chef hockte mit einem Drink in der Hand bei der Jury an der Bar. Melanie und Daniel hatten es sich auf zwei völlig unpassenden Campingstühlen gemütlich gemacht, die sie irgendwo im Keller gefunden hatten.

Direkt unter der Discokugel warf Valentin einen überraschten Blick auf sein Handgelenk, als sei dort eine Armbanduhr. *Hoppla*, sollte das heißen, *fast hätte ich es vergessen, ich muss ja noch was zeigen!* Und tatsächlich blieben ihm nur noch dreißig Sekunden, um das erste Match für sich zu entscheiden. Doch er nutzte jede einzelne. Auf der Stelle tänzelnd spannte er die unsichtbare Sehne eines Bogens. Dann ließ er los und wiederholte den lustigen Move, bis er alle Jurymitglieder augenzwinkernd mit dem Pfeil der Liebe getroffen hatte. Viv, Bi und Gül sanken lachend zur Seite und dankten es ihm mit lautem Jubel. Noch zehn

Sekunden! Schnell warf sich Valentin auf den Boden. Er rollte zur Seite und kam elegant vor den Mädels wieder auf die Füße, um lächelnd seine Frisur zu richten. Für Applaus blieb nicht viel Zeit, denn Bi gab Emil das Startzeichen, woraufhin dieser abfällig mit den Händen über seinen Hemdkragen wischte. Die Message war eindeutig: Mit dir werde ich spielend fertig, Val P, dich schüttle ich ab wie Ungeziefer!

Gleich seine ersten Moves bewiesen, dass er sich professionell vorbereitet hatte. Angriffslustig kombinierte er die Kung-Fu-Schläge mit dem Armroller vorm Bauch. Dann faltete er die Hände unter einem roten Scheinwerfer und drehte den Kopf wie eine indische Tempeltänzerin. Bei jedem anderen hätte es albern ausgesehen, doch Emil konnte einfach nichts falsch machen – Viv, Bi und Gül bestaunten atemlos seine perfekte Performance. Und wo Valentin mit dem harmlosen Pfeil Amors geschossen hatte, zückte Emil zwei Pistolen. Elegant tänzelte er zur Bar und feuerte von dort seinen Gegner förmlich zurück in den Ring. Valentin sprang lachend von seinem Barhocker, fing zwei unsichtbare Kugeln mit den Händen ein und die dritte mit den Zähnen und spuckte sie beiläufig in den Mülleimer. Eigentlich wollte er den »Gestreckten Arm« in verschiedenen Variationen anbieten, schließlich haute dieser Move einfach jeden um, aber dann entschied er sich anders. Nach einer dreifachen Pirouette winkte er die überraschte Jury zu sich auf die Tanzfläche. Schon seit einer Weile hatte er den Dschinn im Verdacht, in die Mädels gefahren zu sein, denn sie konnten kaum noch still sitzen. Und als hätten sie nur auf sein Zeichen gewartet, liefen sie zu ihm, Gül an seine linke Seite, Viv und Bi an seine rechte. So machte der »gestreckte Arm« noch viel mehr Spaß, und der Roller vor ihren Bäuchen erst!

Valentin musterte die Gesichter der Mädels, und da war es: Das gleiche Strahlen wie auf den Videokassetten – ihre Augen funkelten vor Freude. Er musste an seinen Lieblingssong mit dem »Disco Inferno« denken, denn gemeinsam rockten sie so heiß, dass das Studio beinahe Feuer fing. Leider war die Zeit viel zu schnell um. Emil scharrte bereits ungeduldig mit den Lackschuhen – und diesmal begleitete ihn Linda-Ev zur alles entscheidenden letzten Runde.

Bert Schamiśo klatschte und jubelte noch immer Val P und seinen Mittänzerinnen zu. Doch als Emil und Linda-Ev voreinander stehen blieben, sich zärtlich an den Händen hielten und dabei verliebt anhimmelten, brach er ab. Auch die Jury beobachtete stumm, wie die beiden schmachtend unter der funkelnden Discokugel verharrten. Die Welt stand still, dann begann sie sich langsam wieder zu drehen, doch jetzt tat sie es nur noch um das Paar im Scheinwerferlicht. Und Emil und Linda-Ev drehten sich selbst langsam umeinander, wie die Figuren auf einer Spieluhr. Ohne sich voneinander zu lösen, glitten sie anmutig in eine ausgefeilte Schrittfolge. Alle Augen folgten ihnen. Sie waren zwei tanzende Engel, die irrtümlich in einem quietschbunten Keller am Rande von Brüllach gelandet waren. Mit dem Ende der Musik würden sie wieder auf einer schimmernden Wolke in ihre sorgenfreie Welt ohne Fett und Falten entschwinden. Wer sollte es jetzt noch wagen, sie aufzuhalten? Sekunden bevor die Zeit ablief, deuteten Emil und Linda-Ev einen schmachtenden Kuss an – dann war die Battle vorbei.

Keiner sagte etwas, so still war es nie zuvor in *Vals Disco-Studio P* gewesen.

Als Erster klatschte Daniel in die Hände, dann der Fernsehmann. Prakti Silke stieg begeistert mit ein, nachdem sie ihre Kamera abgelegt hatte. Emil und Linda-Ev verbeugten sich tief und sehr lange. Trotz der unbequemen Stellung zwinkerten sie sich siegesgewiss zu. Dann zog Emil seine Tanzpartnerin schwungvoll nach oben, um mit ihr den Jubel und die Huldigung der Jury entgegenzunehmen. Bevor Viv, Bi und Gül etwas sagen konnten, drängte sich Bert Schamiśo nach vorne.

»Sensationell, fantastisch, grandios, was soll ich sagen?«, jauchzte er gerührt. »Jetzt weiß ich, dass der lange Weg nach Brüllach nicht umsonst war. Euer Discoding ist ein echter Burner, so was hat die Morgenshow noch nicht gehabt. Hört zu, Leute, also ich stelle mir das folgendermaßen vor ...«

Aus dem Garten unterbrach ihn mit einem Mal ein lauter Sprechchor: »Wir wollen rein, wir wollen rein!«

Und gleich darauf erschallte die Sirene eines Polizeiwagens.

»Okidoki«, stöhnte Melanie auf. »Das wurde aber auch allerhöchste Zeit!«

Doch Schamiśo war nicht zu bremsen. »Bevor hier das völlige Chaos ausbricht«, brüllte er gegen den Lärm an, »erklär ich euch noch, wie wir es in der Sendung machen, hört zu: Linda-Ev und Emil tanzen ihren hinreißenden Paartanz, das wird der Hammer, ich kann's kaum erwarten. Keine Frage, da werden Tränen fließen! Dann kommt die tanzende Jury ins Bild. Einfach bombastisch, die drei, so unverstellt und voller Leidenschaft! Die Leute werden euch lieben.« Der Fernsehstar warf den Mädchen drei Kusshände zu, die sie kichernd auffingen. »Und dann kommt der absolute Höhepunkt: Val P persönlich rauscht quer durchs Studio bis ganz nach vorne. Verfolgt von gleißenden Spots, dazu werden wir Nebel einsetzen, wow, außerdem riesige Discokugeln, und von oben lassen wir jede Menge Glitter regnen. Das Publikum wird ihn vergöttern, ach, was sage ich? *A brand-new star is born!* Val P, du solltest tanzen, yeah!«

»Was soll das heißen?«, fragte Valentin schüchtern. War der Typ jetzt völlig verrückt geworden? Emils Choreo war einfach perfekt gewesen, gegen so viel Talent war er machtlos, nur ein Blinder hätte noch einen Pfifferling auf seinen Sieg gesetzt. »Wollen Sie damit etwa sagen …?«

»Mensch, Junge, du bist der Hit, superauthentisch, ein Juwel! Die Jury ist doch auch meiner Meinung, oder?«

»Also, okay, Emil sieht voll cool aus, boah, und so süß«, meinte Viv, »und er tanzt saustark. Aber richtig ab geht's nur bei dir, Val, echt wahr! Mir schlottern noch immer die Knie.«

»Totaler Vollhammer!«, stimmte Bi ihr zu. »Meine Stimme geht auch an Val P!«

»Ihr seid doch trotzdem dabei, oder?«, erkundigte sich Schamiśo schnell bei Emil und Linda-Ev, die bleich und schweigend ihre Sachen packten.

»Na klar.« Emil rang sich ein Lächeln ab, Linda-Ev schwieg.

»Hervorragend!«, freute sich der Moderator. »Ach, was sagt denn die dritte Jurorin?«, fragte er Gül, auch wenn die Sache längst entschieden war.

Gül nickte Valentin zu und holte tief Luft, doch bevor sie ihre Meinung äußern konnte, klopfte es heftig an der Außentür.

»Ich bin's, Pavlos!«

Nach einem Kontrollblick hinauf in den Garten ließ Daniel ihn rein. Draußen war es nun etwas ruhiger geworden.

Pavlos schaute von einem zum anderen. »Hab ich die Battle etwa verpasst? Wer hat gewonnen?«

Im Chor brüllte die Jury: »Valentin!«

Und Valentin hob zögerlich den Arm. »Ja, ich, wenn ich das richtig verstanden habe, aber eigentlich …«

Seine Erklärung ging im Jubel der anderen unter. Nur Emil und Linda-Ev waren bereits auf dem Weg zur Haustür.

Das Fernsehteam packte hektisch zusammen und versprach, Viv, Bi und Gül unterwegs in Bad Singbein abzusetzen.

Die Geschichte des Richthangs von Brüllach hatte ein neues Kapitel erhalten. Die Gärten der meisten Reihenhäuser waren verwüstet. Valentin und Pavlos schlichen mit tief ins Gesicht gezogenen Kapuzen umher wie Feldherren nach der Schlacht. Valentin brauchte dringend frische Luft und ein paar Minuten alleine mit seinem Freund. Außerdem wollte er den Schaden begutachten, den der Flashmob verursacht hatte.

»Das werden sie mir nie verzeihen«, befürchtete er. »Sieh dir das Chaos an! Hoffentlich jagen die Nachbarn uns nicht aus der Siedlung.«

Wo einst Sommerblumen vor der Nummer 12 die Auffahrt begrenzt hatten, lagen nun zerbrochene Bierflaschen und bunter Partymüll auf dem platt getrampelten Mutterboden. Pavlos verzog die Nase, es stank gewaltig, viele Mülltonnen waren umgestoßen worden, andere hatten als öffentliche Klos gedient. Verstörte Hausbesitzer fegten stumm ihre Auffahrten. Es war kurz nach sieben, noch immer rotierte das blaue Licht eines Streifenwagens an der Straßeneinmündung. Der Richthang war abgesperrt, ohne Ausweis durfte niemand rein oder raus. Die Polizei rechnete weiterhin mit Marodeuren, die ihren Rausch in den Rabatten ausschliefen.

»Denkst du, Emil hat heimlich den Flashmob organisiert?«, wollte Valentin wissen.

»Schon möglich. Dem ist doch jedes Mittel recht, der will dich wegputzen und dafür braucht er ein großes Publikum«, war Pavlos überzeugt.

»Nicht zu fassen!«, rief Valentin. »Der Kerl benutzt Linda-Ev als Wegputzhilfe, und die macht bei dem Mist auch noch mit. Aber all das hat ihm nicht geholfen. Die von *Eier und Speck* wollen mich als Haupttänzer, nicht ihn, ich kann es noch immer nicht fassen.«

»Mich wundert nur, dass Emil damit einverstanden war.«

»Seltsam, oder? Aber was soll er machen? Ohne mich hat er überhaupt keine Zuschauer mehr.«

Pavlos blieb skeptisch. »Für unseren Klassenprinz gibt es nur eine Reihe, und das ist die erste. Vor allem jetzt, da alle um sein schwaches Herz besorgt sind, will er der Welt erst recht beweisen, dass er die Nummer eins ist.«

»Melanie behauptet, mit Medikamenten könne ihm erst mal ganz gut geholfen werden. Aber auf Dauer braucht er wohl 'ne neue Klappe.«

»*Eine* große Klappe hatte er ja immer schon«, meinte Pavlos trocken. »Deshalb glaube ich auch nicht, dass er einfach klein beigibt. Halt lieber die Augen offen.«

»Na, jetzt freu dich mal mit mir! Ach, übrigens: Haben die Mausers dich drangekriegt wegen der nackten Griechen?«

»Klar, aber es ist alles halb so schlimm. Stulles Vater musste zugeben, dass die Dinger ein Schnäppchen vom Gartenmarkt waren. Die Nackedeis haben sie ihm quasi hinterhergeworfen. Ich arbeite den Schaden im *Lipsi Grill* ab.«

»Und was sagt Stulle dazu?«

»Nichts, Funkstille, die liebt mich nicht mehr.« Pavlos kickte sauer eine Scherbe in den Rinnstein, dann hellten sich seine Gesichtszüge wieder auf. »Sag mal, Altes, äh, Val, äh, Valentin, was hältst du eigentlich von Gül? Zu schade, dass die drei Mädels so früh zurück nach Bad Singbein mussten.«

Valentin musste zugeben, dass er die Abreise der Jurymädels gar nicht mitbekommen hatte. Wie prickelnde

Brause war das Adrenalin durch seine Adern geschossen, nachdem Bert Schamiśo ihm den Vorzug gegeben hatte.

»Die ist ungefährlich und voll süß, meinen Segen hast du. Aber jetzt lass uns verschwinden, bevor ich erkannt werde!«

Kurz nach dem Abendessen war Louise hungrig in ihrem Zimmer eingenickt. Die trockenen Tofubratlinge an Selleriegeschnetzeltem – mal wieder in Joghurtsoße – hatte sie nicht angerührt. Auch der saftlose und ungesüßte Möhren-Ananassalat mit Haferkleie war zurück in die Küche gewandert. Das Unterhaltungsangebot war ebenfalls nicht nach ihrem Geschmack gewesen: gemischte Sauna oder eine alberne Gameshow für Rentner in der Glotze. Also hatte sie sich für einsames Schmollen im Bett neben ihrem Fony entschieden. Hätte es nicht um kurz nach acht geklingelt, wäre dies ganz bestimmt der langweiligste Samstagabend ihres Lebens geworden. Es war Werner gewesen, ihr Vater. Minutenlang hatte sie ihm gähnend zugehört, bis er die Bombe platzen ließ: Pavlos hatte die Gipsgriechen zerstört, ihre staubigen Überreste ruhten nun auf dem Monte Scherbelino. Immer wieder hatte Werner Louise gelöchert, wieso dieser Lipsi ausgerechnet ihren Garten verwüstet hatte, aber sie hatte eisern geschwiegen. Es war schon schwer genug gewesen, ihre Eltern von der Diätkur zu überzeugen, sie mussten nicht auch noch die Details ihres verworrenen Liebeslebens kennen. Plötzlich erinnerte sie sich, was sie an diesem verrückten Pavlos so mochte: Der Kerl war einfach immer für eine dicke Überraschung gut. Und jetzt war sie ihm unendlich dankbar. Er hatte sie von den perfekten

Körpern befreit, die ihr mehr und mehr den Kopf verdreht hatten. Wer konnte schon sein eigenes Spiegelbild ertragen im Angesicht dieser eitlen Poser?

Am Ende hatte Werner etwas Seltsames gesagt: »Vielleicht ganz gut, dass die Statuen fort sind. Ich habe schon eine neue Idee, du wirst begeistert sein. Hab einen schönen Abend, mein Schatz!«

War das eine Drohung? Seitdem sie reich waren, schwärmte ihr Vater für die allermerkwürdigsten Dinge. Eine Weile hatte er versucht, einen echten »Giacometti« zu ergattern, das waren unerschwinglich teure Figuren, dünn und lang wie Windhunde. Zum Glück hatte Werners Kontostand den Kauf eines dieser Magerhaken aus Metall dann doch nicht hergegeben, und im Gartenmarkt führten sie keine nachgemachten Skulpturen von diesem Künstler. Was hatte er nur vor? Hauptsache, er ließ das Paradies unberührt.

Etwa eine Stunde später wurde sie erneut durch lautes Gelächter und Vivs schiefe Singstimme aus einem angenehmen Schlummer gerissen. Die Mädels hatten prächtige Laune, doch Louise stellte sich schlafend, im Gegensatz zu ihnen waren ihre Gedanken dumpf und glanzlos. Alle ihre Nachrichten an den *MARSMAN1* waren unerwidert geblieben. Die Welt hatte sie vergessen, das Leben ging ohne sie weiter. Nicht mal die Waage meinte es gut mit ihr; seit sie hier war, hatte sie noch kein einziges Gramm verloren.

Alles XXL

Die Schule hatte den Tänzern für die Liveshow am nächsten Morgen freigegeben und T-Dabbelju als Begleitung abgestellt. Nun hockten sie in dem dunklen Van, den der Fernsehsender ihnen bereitgestellt hatte, und rollten gemeinsam Richtung Berlin. Unterwegs hatten sie bei einem Zwischenstopp noch Viv, Bi und Gül eingesammelt. Ein roter Sonnenball hüllte den Donnerstagabend in ein hoffnungsfrohes Licht, die Fahrt würde etwa zwei Stunden dauern, drei Zigarettenpausen für T-Dabbelju mit eingerechnet. Am Ziel erwartete sie ein Fünfsternehotel am Alexanderplatz. Valentin hatte es sich in der vorderen Reihe gemütlich gemacht, hinter ihm hockten Emil und Linda-Ev. Wenn sie etwas zu sagen hatten, flüsterten sie es sich gegenseitig zu. Er verstand kein einziges Wort und vermutete die üblichen Gehässigkeiten. In der hintersten Bank quasselten die Mädels und quiekten bei jedem Post, der sie zu ihrem neuen Dasein als TV-Stars beglückwünschte. T-Dabbelju korrigierte brummelnd Mathetests auf dem Beifahrersitz, während der Fahrer neben ihm mit einem Auge ein Fußballspiel auf seinem Handy verfolgte. Auf dem Kopf trug der Typ ein »Inter Mailand«-Basecap, der größte Teil seines Gesichts lag verborgen unter einem dichten Vollbart. Seine Augen waren verdeckt von einer schwarzen Sonnenbrille.

»Ich heiße Giancarlo, wer sich das nicht merken kann, nennt mich einfach Carlo, capito? Schnallt euch an«, hatte er sich gelangweilt, aber nicht unfreundlich vorgestellt.

Leider besaß Valentin noch immer kein neues Handy. Zwar gefiel ihm die Ruhe ohne YouTube, Snapchat, WhatsApp usw. im Augenblick ganz gut. So konnte er sich auf den Auftritt vorbereiten, ohne ständig Fanpost und Kommentare beantworten zu müssen. Dummerweise war deshalb aber auch der Kontakt zu *LAZ* völlig abgebrochen. Sie fehlte ihm. Immer nur auf ihren Po und den Arm oder ihre Beine zu schauen, reichte ihm nicht mehr.

Kurz vor Berlin war Valentin eingenickt. Als er die Augen wieder öffnete, parkten sie vor einem Turm, der sich viele Etagen hoch in den Himmel bohrte.

»Deine Suite ist ganz oben«, klärte ihn Giancarlo auf.

Es war schon dunkel, doch der Alexanderplatz war hell erleuchtet. Trams ratterten und klingelten zwischen den Passanten, und gegenüber, rund um einen Brunnen ohne Wasser, gab es Musiker, Künstler und junge Leute, die eine Party feierten. Ob sie ihn erkennen würden, wenn er sich als *Val P Discostar* vorstellen würde? Am liebsten hätte er es ausprobiert, so selbstsicher fühlte er sich.

»Ihr könnt Essen aufs Zimmer bestellen«, informierte der Fahrer die kleine Reisegruppe, ohne von seinem Handy hochzuschauen – noch immer flimmerte das Fußballspiel über sein Display. Lässig gab er ihnen ein Zeichen auszusteigen.

Hastig rauchte T-Dabbelju seine letzte Zigarette, dann traten sie über einen langen roten Teppich in die Lobby, wo

Carlo nach einem kurzen Plausch an der Rezeption jedem eine Plastikkarte in die Hand drückte.

T-Dabbelju betrachtete den elektronischen Zimmerschlüssel von beiden Seiten. »Komm ich damit auch in die Sauna?«

Zum ersten Mal variierte Giancarlo seinen Gesichtsausdruck, er grinste: »Schätze ja, aber nur wenn Sie dadrin nicht rauchen.« Dann wechselte er mimisch wieder ins Nichtssagende. »Morgen um fünf hole ich euch ab, also ab ins Bett. Frühstück gibt's im Studio.«

Valentin raste mit dem Aufzug gespannt in die oberste Etage, die anderen waren unterwegs ausgestiegen. Giancarlo hatte nicht geflunkert: Die vom Frühstücksfernsehen hatten tatsächlich eine Suite – zwei große Zimmer! – nur für ihn gebucht. Er warf die Reisetasche aufs Bett und stellte sich auf die niedrige Fensterbank. Dann lehnte er Bauch und Stirn gegen die leicht getönte Scheibe, fünf durchsichtige Zentimeter, die den Unterschied machten zwischen Abheben und freiem Fall. Von seiner einstigen Höhenangst war nichts geblieben. Wie hoch konnte er noch aufsteigen? Über ihm gab es nur noch eine Betondecke und dann wölbte sich darüber auch schon der Himmel, durchpflügt von Flugzeugen, die über die endlos weite Stadt donnerten. Bei den zahllosen Lampen war jede Schnuppensuche sinnlos, nicht mal Sterne waren zu erkennen, dafür strahlte die Hauptstadt einfach zu hell. Würde er nach der Fernsehshow auch ein Stern, also ein Star, sein? Jemand, der heller leuchtete als andere? Eigentlich hatte er das nie gewollt. Viel lieber wollte er ein Stern unter vielen sein, und alle seine Freunde und auch die anderen sollten strahlen, so hell sie konnten. Hauptsache, er selbst würde nicht wieder der alte Valentin Plau sein mit all der Angst und Unsicherheit und den ständigen Zweifeln. Er dachte an den Abend im Keller zurück, als Daniel gesagt hatte, Angst gehöre zum Leben dazu. Aber wozu sollte das bitte gut sein? Angst war ein Arschloch, genau wie all die anderen miesen Gefühle, die einen hinterrücks aus dem Sattel werfen konnten, wenn man am wenigsten damit rechnete. Und Arschlöcher ließ man am besten links liegen. So sah er das, auch wenn Daniel meinte, kein Mensch könne seinen Gefühlen entfliehen. Tja, da hatte er sich vertan, oder? Hier stand er, Val P, kurz vor seinem ersten Fernsehauftritt, und da war keine Angst weit und breit. Warum bestand sein Vater unbedingt darauf, dass die miesen Gefühle irgendwann wiederkommen würden? Wieso konnte er sich nicht einfach über den Erfolg seines Sohnes freuen? *Irgendwann musst du wieder landen*, hörte er Daniel sagen. Von wegen! Jetzt ging es erst richtig los, das spürte Valentin genau. Er hatte sogar ein paar Kilo abgenommen, ganz von selbst. Seit er Val P war, fiel es ihm komischerweise viel leichter, auf Chips und Cola zu verzichten. Es machte ihm sogar richtig Spaß, ein bisschen auf sich zu achten. Ob das auch mit den miesen Gefühlen zu tun hatte? Vielleicht war Angst ja ein Diätkiller, darüber musste er demnächst mal mit Melanie sprechen. Konnte es sein, dass seine Eltern von ihm noch etwas lernen konnten? Grinsend schaute er auf die leuchtende Stadt hinunter. Er dachte gar nicht daran, jemals wieder zu landen, und morgen würde er es allen beweisen!

Nach einem kurzen Blick auf die Speisekarte schnappte sich Valentin das Zimmertelefon. »Bitte einmal den Fitnesssalat, Hähnchenschnitzel und Mineralwasser. Alles XXL, aber ohne Pommes. Sagen Sie dem Koch, dass es für Val P ist, er weiß dann schon Bescheid.«

Disco, Eier und Speck

Als der Weckservice anrief, war Valentin gerade mal eine Stunde zuvor eingeschlafen. Der Mix aus wirren Gedanken und Rohkost in seinem Bauch hatte ihn bis um drei in der Frühe auf Trab gehalten. Dann waren da noch die vielen ungewohnten Geräusche: Die Lüftung im gläsernen Bad, die nicht verstummen wollte. Die anderen Gäste, von denen sich manche förmlich aus dem Aufzug in ihre Zimmer hineingelacht hatten. Und in seinem eigenen Kopf schrillte seit der Battle vor einer Woche eine leise aber durchgehende Trillerpfeife. Das war neu. Bislang war es da oben still wie am Grunde einer vollen Badewanne gewesen, so lange man nicht ins Wasser pupste.

Vom luxuriösen Doppelbett aus quälte er sich auf die edle Kloschüssel, wo er drohte, wieder einzuschlafen. Doch das eigene Spiegelbild ringsum, ließ ihn wieder hochschrecken. Erst die Dusche brachte seinen Kreislauf halbwegs auf Trab. Zwei seitliche Metallleisten, gespickt mit winzigen Düsen, feuerten das heiße Wasser so prasselnd auf seine weiße Haut, dass es rote Flecken gab. Von oben donnerte ein konzentrierter Strahl die Müdigkeit aus seinem watteweichen Schädel. Die Haare ließ er, wie sie waren, denn das Studioteam hatte ihn vorab informiert, dass er von Profis frisiert und geschminkt würde. Draußen war es noch dunkel. Er entdeckte einen Wasserkocher im Schrank und diverse Tütchen mit Getränken – die heiße Schokolade tat gut. Manchmal war Zucker eben auch Medizin. Jetzt, da er wach und klar war, gefiel ihm das Hotelleben wieder ausgezeichnet, daran könnte er sich gewöhnen. Und das musste er ja auch, als Star stand ihm schließlich die ganze Welt offen.

Wieder schellte das Telefon – Giancarlo: »Wir warten auf dich, unten in der Lobby, leg 'nen Zahn zu.«

Im Hinauslaufen griff Valentin nach der gepackten Tasche mit den Disco-Outfits.

Viv und Bi gähnten im Foyer um die Wette, an ihren Augenringen erkannte Valentin, dass auch seine Co-Tänzerinnen kaum geschlafen hatten. Schlaff verschmolzen sie mit den weichen Polstersesseln, die es überall im großzügigen Eingang des Hotels gab. Gül schnarchte leise, mit einer Hand umklammerte sie einen halb gegessenen Schokoriegel, mit der anderen ihre Fake-Gucci. Emil und Linda-Ev kauerten nebeneinander auf einem Sofa und wischten träge auf ihren Handys herum. Nur T-Dabbelju schien schon voll funktionsfähig zu sein. Er kämpfte mit einem aufgefalteten Stadtplan und verlangte von der ebenfalls müden Rezeptionistin, ihm den genauen Standort des Fernsehstudios zu zeigen.

»Ich kenne den Weg«, nölte Giancarlo. »Wir müssen los, *avanti*!«

»Ich weiß immer selber gerne Bescheid. Capito?«, informierte ihn T-Dabbelju gereizt und verstaute den zerknüllten Plan in seiner Umhängetasche.

Zum Studio waren es kurze fünf Minuten, die sie ebenso gut hätten laufen können. Aber welcher Star kam schon zu Fuß zu seinem eigenen Auftritt? Die kletterten doch immer aus Limos, Vans mit getönten Scheiben oder gleich aus einem Helikopter. Die Schiebetür flog auf, und Valentin huschte, ohne sich umzusehen zu der Tür, auf der STUDIO 3 stand, als hätte er nie etwas anderes getan.

Soeben war die Morgensonne zwischen den Studiogebäuden aufgegangen und versorgte den jungen Tag mit ihrem sorglosen Licht.

»Halt«, riefen die Mädels Valentin müde hinterher, »warte!« Noch waren ihre Sprachzentren auf Stand-by.

Beim Anblick des mächtigen Gebäudes war ein Ruck durch Vivs übernächtigten Körper gegangen. »Das bring ich nicht!« Mit einer Hand zeigte sie zum Studio, mit der anderen klammerte sie sich am Griff der Autotür fest.

»Mensch, Viv, das ist unsere Chance, wir kommen bestimmt ganz groß raus«, versuchte Bi ihre Freundin zu überzeugen. »Wir werden berühmt!«

Auch für Gül schien Lampenfieber ein Fremdwort zu sein. »Ich habe Hunger und dadrin gibt es ein Büfett, das hat Carlo versprochen, mit allem Drum und Dran.«

Emil schüttelte humorlos den Kopf und Linda-Ev schloss sich ihm an. Als Giancarlo die Studiotür, vor der Valentin ungeduldig auf die anderen gewartet hatte, mit einem Code öffnete, gab es kein Zurück mehr. Die zitternde Viv in ihrer Mitte schoben sich die Freundinnen hinein. Als Letzter betrat T-Dabbelju die heiligen Produktionshallen von *Eier und Speck.*

Die Räumlichkeiten waren riesig und unübersichtlich, Garderoben, Maske, Küche, Ess- und Wartezimmer – aber nun endlich durfte Valentin einen Blick in das hell erleuchtete Studio werfen. Ein großer, bunter Schriftzug hing über dem Moderatorensofa: *Eier und Speck*.

Tatsächlich roch es hinter den Kulissen nach Bratpfannen und Kaffee. Die anderen stärkten sich noch für ihren Auftritt, nur Valentin hatte sich mit einem Fruchtsalat begnügt, er wollte sich leicht und wendig fühlen für all die crazy Moves, die er in seine Choreo einbauen würde: den »gestreckten Arm«, die Disco-Duck, den Roller und natürlich »Autsch – die Sohlen glühen!«.

Noch waren die Zuschauer nicht eingetroffen, die Kameraleute schoben gähnend ihre Arbeitsgeräte in Position, eine Putzfrau wischte über die Tische, an denen das Publikum später Platz nehmen würde, und Techniker postierten riesige Discokugeln überall im Raum. Valentin schaute nach oben. Die Decke war gespickt mit großen und kleinen Scheinwerfern, er musste an den Sternenhimmel denken, unter dem er vier Wochen zuvor gelegen hatte, ohne auch nur den Schweif einer Schnuppe zu sehen. Damals war er noch der alte Valentin gewesen, der vor Aufregung »Nudel« statt »Knuddel« getippt und ängstlich an *LAZ* gesendet hatte. Dem es vor kribbelnder Nervosität nicht gelungen war, auch nur einen einzigen Wunsch zu äußern. Inzwischen hatte er auch ohne rasende Gesteinsbrocken Ziele erreicht, von denen er in dieser Nacht nicht zu träumen gewagt hätte. Noch war sein Glück nicht perfekt, dazu musste er so bald wie möglich *LAZ* treffen. Von der Gage für die Show würde er sich zur Feier des Tages gleich nach der Sendung ein neues Handy gönnen und ihr einen langen Brief schreiben. Und weiter abnehmen würde er auch, aber ohne Stress. Die überschüssigen Pfunde standen nicht zwischen ihm und seinem Glück, so viel wusste er jetzt. Ob Daniel das gemeint hatte, als er sagte: *Du sollst dich selbst mögen?* Nun, das tat er jedenfalls. Außerdem konnte er heute ein Zeichen setzen: Seht her, Leute! Es sind nicht immer die Typen mit den Superfiguren, die im Rampenlicht stehen, auch wir Dicke, Möpse, Speckis, Pummels, El Plauzos, oder wie auch immer ihr uns nennt, können es ganz nach oben schaffen.

»Aahh, Mr Val P persönlich! Na, Lampenfieber?« Bert Schamiśo war hinter Valentin getreten und beobachtete zufrieden das hektische Treiben. »Wie ich sehe, hat die Maske ganze Arbeit geleistet«, bewunderte der Fernsehmoderator Valentins aufgefrischte Frisur und sein gepudertes Gesicht.

Das stimmte. So gut hatte er noch nie ausgesehen. Sogar das rote Hemd und die blaue Hose hatte die Dame von der Garderobe professionell aufgebügelt. »Nee, so richtig nervös bin ich eigentlich nicht. Und Sie?«, antwortete Valentin gelassen.

»Wenn du mich so fragst, ja.« Schamiśo zeigte ihm seine Hände, sie waren feucht und zitterten leicht. »Weißt du, Val, es gibt da Leute, die haben es geradezu auf mich abgesehen. Jeden kleinsten Versprecher blasen die auf zu einer Katastrophe. Die freuen sich diebisch über meine Fehler und präsentieren sie dann in Comedyshows. Ist kein Spaß, der Depp der Nation zu sein, glaub es mir.«

Valentin nickte. »Ja, solche Idioten laufen wohl überall rum. Spinner, die sich über alles und jeden lustig machen, dabei sind sie selbst meistens Feiglinge, die sich nichts trauen. Was soll man da tun?«

»Weitermachen, immer weitermachen!« Schamiśo zog die Brauen hoch. »Auch wenn's wehtut, wenn einem die Knie schlottern und das Herz rast. Einmal bin ich fast umgekippt, Val, das war der reinste Albtraum.« Er legte einen Finger auf die Lippen. »Aber das muss unter uns Superstars bleiben, abgemacht?«

»Klar, Schami, von mir erfährt keiner was.«

»Wenn die Lampen wieder aus sind«, der Moderator zeigte nach oben, »dann ist man wieder einer von vielen, damit muss man auch klarkommen. Und berühmte Leute wie wir haben auch von Zeit zu Zeit Durchfall oder Pickel, aber daran denkt ja keiner. *It's lonely at the top*, vergiss das nie.«

»Danke für den Tipp, Schami, als Superstar mit Durchfall ist man wahrscheinlich der einsamste Mensch der Welt.«

»So sieht's aus, Val.« Schamiśo drückte Valentins Schulter. »Jetzt machen wir einen Probedurchlauf ohne Publikum. Anschließend lassen wir die Leute rein, und dann ist Discotime!«

In Valentins Brusttasche steckte sein Talisman. Zärtlich strich er über *LAZ*s Po und flüsterte: »Wünsch mir Glück, meine Schnuppenkönigin.«

Ich glotz TV

Louise war schon früh auf den Beinen, jetzt strampelte sie brütend und schwitzend vor sich hin. Das Trainingsrad im Fitnessraum war das einzig gute an der Diätklinik – ein prima Ersatz für ihr geliebtes Holli, auf dem sie so gut nachdenken konnte. In den vergangenen Tagen hatte sie unzählige Kilometer zurückgelegt, gefühlt bis nach Australien, obwohl sie in Wirklichkeit natürlich überhaupt nicht von der Stelle gekommen war, jedenfalls nicht mit dem Rad. Wieder und wieder hatte sie alles in ihrem Kopf herumgewälzt – die missglückte Geburtstagsparty, das gemeine Pofoto, Pavlos, *MARSMAN1* und seine letzte Botschaft – und je länger sie radelte, umso mehr nervige Gedanken und Erinnerungen konnte sie hinter sich lassen. Und bei der ganzen Schufterei hatte sie doch tatsächlich angefangen, endlich ein bisschen abzunehmen.

Als sie heute Morgen aufgewacht war, kurz bevor sie zu ihrer heutigen Fitness-Session gegangen war, hatte sie tatsächlich eine Entscheidung getroffen. Sie musste gleich nur noch … Oje! Mit Schrecken blickte Louise auf die Uhr, die über der Tür des Fitnessraums hing.

Quietschend rutschte sie vom Sattel des Trainingsrades und rannte Richtung Fernsehstube im Erdgeschoss. Der Raum war leer, logisch, welcher Hirni hing zu dieser Uhrzeit schon vor der Glotze? Und wer, bitte, schaute sich freiwillig Bert Schamiśos alberne Frühstückssendung mit dem total unswagen Namen *Eier und Speck* an? Viv, Bi und Gül vielleicht, aber die sollten heute schließlich selbst dort auftreten.

Louise konnte es noch immer nicht fassen. Unzählige Male hatten die drei ihr vom Flashmob am Richthang und dem Abend erzählt, der »ihr ganzes Leben verändert hatte«. Louise kannte jedes Detail; sie hätte das ganze Spektakel um diesen Trottel Valentin und den fiesen Emil plus seiner schmucken Begleiterin Linda-Ev nachsprechen und -tanzen können – na ja, mit etwas Übung vielleicht. Eigentlich verbot es ihr Stolz, sich nun auch noch die Krönung der Geschichte anzuschauen, aber ihre Neugier hatte sich schließlich durchgesetzt. Besser sie konnte es sich mit eigenen Augen ansehen, als später irgendwelche Mythen und Märchen glauben zu müssen.

Als sie den richtigen Sender gefunden hatte, lief schon die Startmusik, und der Moderator wurde von einer Kamera verfolgt, während er zahlreiche Publikumsgäste persönlich mit Händedruck begrüßte. Dann meldete sich eine Stimme aus dem Off: »Willkommen bei der verrückten Morgenshow mit Bert Schamiśo!«

»Danke, danke, danke, was für ein Publikum!« Der Moderator hob beschwichtigend die Arme, was für das Publikum das Zeichen zur Ruhe bedeutete. Dann brüllte er: »Was wollt ihr?«

»Eier!«, dröhnte es vielstimmig von den Plätzen.

»Was wollt ihr noch?«, peitschte Schamiśo die Menge auf.

»Speck!« Ein eingespieltes Ritual.

Wie peinlich, die haben eindeutig einen Knall. Louise machte die Scheibe vorm Gesicht. Nun erzählte Schamiśo im Schnelldurchlauf, welche Höhepunkte das Publikum heute erwarten durfte:

»Erst mal schalten wir live nach Brüllach, einem kleinen, bislang unbedeutenden Ort, der zum Ausgangspunkt einer Welle wurde, die inzwischen Millionen begeisterte Internetsurfer erfasst hat. Nach dem heutigen Tag, da bin ich mir ganz sicher, wird auch unser Fernsehpublikum nicht mehr ruhig vor den Geräten sitzen können. Schaffen Sie Platz in ihrer Stube, entstauben Sie ihre Tanzschuhe, gleich geht es rund, und Sie sind herzlich eingeladen, es mit uns krachen zu lassen. Doch nun unsere Liveschaltung nach Brüllach. Guten Morgen, Silke, was siehst du?«

Als Erstes zeigte die Kamera den glitzernden Monte Scherbelino in Großaufnahme, dann schwenkte sie weiter auf Silke, die mit zugekniffener Nase vor dem *WELL KAMM IN* auf ihren Einsatz wartete. Offenbar herrschte heute Südwind, dann war die Innenstadt wie leer gefegt. Die Praktikantin war mittlerweile zur Reporterin befördert worden, und als sie merkte, dass sie längst auf Sendung war, tat Silke, als kratze sie sich verlegen im Gesicht.

»Äh, guten Morgen, lieber Bert. Hallo, liebes Publikum, willkommen in Brüllach!«

Der Augenblick war günstig, sich schnell einen O-Saft in der Klinikküche zu besorgen, schließlich kannte Louise die Kleinstadt wie den Inhalt ihres Kleiderschrankes – was sollte ihr diese Silke schon Spannendes zeigen? Sie flitzte los und war gerade rechtzeitig zurück, als eine große Discokugel die gesamte Mattscheibe ausfüllte. Unzählige bunte Lichtblitze zuckten sekundenlang über die Mattscheibe.

»Bitte, liebes Publikum«, dröhnte Schamiśos Stimme, »trampeln Sie, schreien Sie, geben Sie mir einen Wahnsinnsapplaus für Vivien, Bianca, Gülcan, Linda-Ev und den ungekrönten Disco-King von Brüllach: Emil K!«

Erschrocken ließ Louise ihr Glas fallen. Eine gelbe Pfütze breitete sich um ihre Sneaker aus. Die Tür ging auf, und eine Schwester streckte den Kopf herein: »Was machst du hier?«

»Ich glotz TV«, antwortete Louise unfreundlich, ohne den Blick von Emils Gewinnerlächeln lösen zu können.

»Na, dann. Ich geb der Putzfrau Bescheid.« Die Schwester ging wieder.

»Was zum Teufel …«, brummte Louise. Wo steckte dieser Valentin? Wieso hatten sie ihn gegen den Klassenprinz eingetauscht? Louise drückte auf die Stummtaste. Das musste sie erst einmal verdauen. All die Millionen Fans auf YouTube hatten doch *sein* Video angeklickt und *ihn* zum Kultstar erklärt. Sogar ein echter Flashmob war über Brüllach und den Richthang hergefallen. Der dicke Dämlack hatte ihren langweiligen Ort berühmt gemacht; das war nicht mal ihrem Vater und dem Stadtrat gelungen mit all dem vielen Geld, das sie jährlich in die Fremdenverkehrswerbung steckten. Und nun kassierte Emil Valentins Lorbeeren?

Obwohl sie El Plauzo nicht ausstehen konnte, tat er ihr leid – das hatte er wirklich nicht verdient! Was war nur geschehen? Warum hatte er seinen Thron als Disco-King für diesen aalglatten Spacko geräumt? Waren das die Spätfolgen ihres Zusammenpralls? Musste sie sich etwa schon wieder schuldig fühlen? Aber nein, Quatsch. Gleich nach der Sendung würde sie Viv anrufen und fragen, was da los war. Ohne Ton wirkte das Gezappel und Gehüpfe erst recht unswag. Hinzu kam, dass Emil es scheinbar ernst meinte. Seine alberne, aber aufwendige Choreo hatte er bis ins kleinste Detail ausgetüftelt, und nun schob er auch noch Linda-Ev mit festgefrorenem Lächeln über den Studioboden wie eine Prinzessin übers Eis. Im Hintergrund zappelten Viv, Bi und Gül, was das Zeug hielt. Schweiß stand auf ihren geschminkten Gesichtern. Bei ihrem Anblick musste Louise lächeln, es machte wirklich Spaß, ihren Zimmergenossinnen zuzuschauen, ganz im Gegensatz zur perfekten Performance der Klassenlieblinge. Grinsend beobachtete sie, wie Gül strahlend ihre mächtigen Hüften schaukeln ließ – kaum zu glauben, dass sie wegen Pavlos sauer auf sie gewesen war! Die drei waren buchstäblich Zucker.

Die Tür öffnete sich, es war wieder die Schwester. »Kommst du zum Frühstück, Louise? Es gibt Haferkleie und Rübensalat.«

Louise schaltete den Fernseher aus und lief auf den Flur. Den Speisesaal ließ sie jedoch links liegen, stattdessen verschwand sie in ihrem Zimmer. Dort war die Tasche schon gepackt, und ein Abschiedsbrief für die Mädels mit vielen Smileys, Küsschen und ihrer Adresse lag auf der Fensterbank. »… bleibt wie ihr seid! Knuddel, Eure Louise!«

Draußen vor der großen Panoramascheibe blieb sie kurz stehen und schaute ein letztes Mal hinunter auf Bad Singbein. Sie würde nicht zurückkommen. Sie brauchte keine Diätklinik, das wusste sie jetzt. Sie brauchte ihr Zuhause, ihre Schaukel, das Holli und echte Freunde – besonders den einen, *MARSMAN1*. Bis sie ihn gefunden hatte, konnte sie ganz entspannt zu Hause noch ein bisschen dünner werden. Obwohl sie inzwischen fast sicher war, dass *er* sie so mochte, wie sie war.

Knock-out im Discohimmel

Der Raum war klein, die Luft stickig, Neonröhren surrten und von draußen drangen dumpf die Bässe eines Discosongs zu ihm durch. Valentin hob vorsichtig und zitternd die Lider. Gleißendes Neonlicht stach wie Nadeln in seine Augäpfel, er zwinkerte einige Male, was es nur noch schlimmer machte.

»Hey, wieder unter den Lebenden?«

Erschrocken riss er den Kopf hoch, doch der Schmerz zwang ihn zurück auf die Liege. Am Fußende saß jemand auf einem Stuhl und schaute von seinem Handy auf, die bärtigen Mundwinkel zuckten unerwartet freundlich.

»Sorry, ich wollte dich nicht schocken. Ich bin's, Carlo, du erinnerst dich?«

Kaum merklich schüttelte Valentin den Kopf. »Carlo?«

»Giancarlo, der Fahrer, ich bleibe bei dir, bis der Arzt kommt.«

»Arzt?«

»Du warst weggetreten, voll ausgeknockt! Wir dachten schon, du bist für immer im Discohimmel. Dein Lehrer, T-Dingsbumms, informiert gerade deine Eltern.«

»Wo bin ich? Was ist passiert?«, hauchte Valentin. Ihm war schlecht, hundeübel, ohne Übertreibung.

»Du bist im Saniraum von Studio 3. *Eier und Speck*, Bert Schamiśo. Na, klingelt's, Mr Val P?«

Valentin sprang von der Liege und landete gleich in Giancarlos Armen. Blitzschnell hatte der Fahrer reagiert und Schlimmeres verhindert.

»Ich muss da raus! Mein Auftritt!« Kraftlos und schwer glitt Valentin an Carlos Windjacke herab. Er suchte Halt, doch jedes seiner Pfunde wog doppelt – stöhnend zog er den Fahrer mit sich zu Boden, bis sie voreinander, Nase an Nase, auf dem kleinkarierten Linoleum lagen.

»Mann, kapier doch! Du warst k. o., bist voll mit dem Schädel vor Kamera 2 geballert wie 'n Lattenkracher von Ronaldo!«

Zittrig und mit wirrem Blick zeigte Valentin zur Tür. »Wer, wer tanzt denn da?«

»Na, wer wohl? Die drei Granaten aus der Diätklinik, die biestige Blonde und der Typ, der dich gefoult hat.« Anerkennend pfiff Carlo seinem Gegenüber direkt in die Nasenlöcher. »Alter Falter, das war 'n Ding, wenn auch ein ganz mieses. Wenn du mich fragst? Glatt Rote Karte!«

»Wie meinst du das?« Valentin konnte sich nur mit Mühe daran erinnern, was nach Beginn des Probedurchlaufs geschehen war. Wie fliehende Fische huschten die Erinnerungsfetzen durch den leeren Teich, der einmal sein Gehirn gewesen war: Er sah Viv, Bi und Gül, wie sie lachend mit den Hüften kreisten. Die leeren Tische der Gäste und die staunende Putzfrau. Über sich die grellen Scheinwerfer und am Boden wabernden Nebel. Er hörte dumpf die Ansagen des Regisseurs, ein Gitarrensolo, dann schnappte er Emils verkrampftes Lächeln auf … Moment mal! Dem letzten Erinnerungsfisch jagte Valentins Verstand mit letzter Kraft hinterher, und schon bald erwischte er ihn am Schwanz. Da gab es einen Zusammenhang mit seinem jämmerlichen Zustand, hier in Carlos Armen. Er hatte den Probedurchlauf mit dem finalen Rutscher auf die Kamera mit der Nummer 2 abschließen wollen, genau so hatte er es zuvor mit Schami und dem Regisseur abgesprochen. Die Kameralinse war bis auf Augenhöhe heruntergelassen. Was war dann passiert?

Carlo räusperte sich und rückte ein Stück von ihm ab, doch er half mit beim »Fische fangen« in Valentins Gedächtnis. »Wieso hast du den Fiesling überhaupt mitmachen lassen, so einer zappelt doch nicht im Hintergrund rum, der ist doch eine klassische Neun, so wie Lionel Messi, der will nur Tore schießen und am Ende den Pott gewinnen!«

Emils Grinsen, sein Fuß im Lackschuh – wie ein Schwarm Fische kehrten Valentins Erinnerungen langsam zurück und verdichteten sich zu einem immer klarer werdenden Ganzen. Der Boden war glatt, das hatte er vor der Probe getestet. Die Mädels und seine beiden Klassenkameraden sollten links und rechts ein klatschendes Spalier für den finalen Rutscher bilden, da konnte eigentlich nichts schiefgehen – und doch lag er nun am Boden des Saniraums und kämpfte mit heftiger Übelkeit.

»Hey, Disco-King, wenn der Arzt uns so sieht, hält er uns noch für ein Liebespaar.«

Giancarlo half Valentin zurück auf die Liege und füllte einen Pappbecher mit kaltem Wasser. »Langsam schlucken!« Er zückte sein Handy. »Ich frag mal, wo der Doc bleibt.«

Das Bild war fast komplett: Er ging auf die Knie für den letzten Rutscher übers Parkett von Studio 3. Die Discohose wurde heiß, die Haut darunter auch, doch bis zur Linse waren es ja nur noch zwei Meter, das würde er aushalten. Während er seinem Triumph entgegeneilte, setzte er sein Lichtschwertlächeln auf. In dieser einen Sekunde war er mit seinem stolzen, jugendlichen Vater verschmolzen. Auch wenn kein verliebtes Mädchen vor Kamera 2 ihre Wange an seine drücken würde, so war seine heimliche Liebe doch ganz nah bei ihm, er trug *LAZ*s Po in seiner Brusttasche. Die Choreo war gelungen, alle Moves hatten punktgenau gesessen. Plötzlich riss der Faden, ein schwarzes Loch machte sich in seinem schmerzenden Kopf breit. Und diese Übelkeit! Er brauchte eine Pause! Nein, nein, nein, nicht jetzt – erst musste er wissen, was wirklich geschehen war. Tief durchatmen, einmal, zweimal – dann schaute er wieder durch die Augen des rutschenden Val P. Nur noch ein Meter, er bremste bereits, das Timing war perfekt. Auf einmal tauchte wieder Emils Fuß auf, er hatte sich ein Stück aus dem Spalier gelöst, stellte sich vor sein linkes Knie, von hinten spürte er eine Hand an der Schulter. Er verlor das Gleichgewicht, die Kamera kam rasend schnell näher und dann … Blackout.

Valentin schloss die Augen, nun wusste er, was während der Probe geschehen war. Hatte Pavlos ihn etwa nicht gewarnt? »Dem ist doch jedes Mittel recht, der will dich wegputzen und dafür braucht er ein großes Publikum«. Warum hatte Valentin nicht auf ihn gehört? Im letzten Augenblick hatte Emil es tatsächlich wahr gemacht, darauf war Valentin nicht gefasst gewesen, war einfach zu hoch geflogen und hatte eisern und blind auf sein neu gewonnenes Glück vertraut. Er legte den Kopf auf das harte Kissen und spürte im gleichen Moment, dass das butterweiche Gefühl ihn verlassen hatte. Er konnte nichts dagegen tun, eine Träne lief ihm die Wange hinunter. Nicht mal das Foto, das er vorsichtig hervorzog, half ihm über den Schmerz hinweg. Es war vorbei, die Musik vor der Tür verstummt, schon ebbte der Applaus ab.

Verlegen und schweigend reichte ihm Giancarlo eine offene Tissuebox.

Kurz darauf betraten T-Dabbelju und der herbeigerufene Arzt den kleinen Raum. Der weiße Kittel des Mannes reichte aus, um Valentin in Panik zu versetzen, da hatte er noch nicht mal den Blutdruck gemessen. Logisch, dass das Gerät einen üblen Wert anzeigte. Nun stieß der Mann auch noch eine Kanüle in Valentins Arm, um ihm eine Infusion zu verpassen. Das war zu viel, Valentin verkrampfte, dann begann er am ganzen Körper zu zittern. Er machte sich nichts vor: Die Angst war zurückgekehrt. Der Tag war noch jung, doch schon jetzt stand fest, dass er ihn niemals vergessen würde. Mit einem einzigen Foul hatte Emil ihn dorthin verfrachtet, wo er gestartet war: in die hinteren Reihen, zu den Schissern, Verlierern und Pechvögeln.

Nanas im Nebel

Louise schaukelte sanft im Paradies, schlurfend ließ sie die Füße über den feuchten Kies gleiten. In einer Hand hielt sie einen Regenschirm, in der anderen ihr Fony mit der Sternenhülle. Immer wieder trudelten Herzchen, Tränen, traurige oder entsetzte Smileys, Emoticons und fast ganze Sätze wie »*miss u*« von Viv, Bi oder Gül ein. Kein Zweifel, in Bad Singbein hatte sie echte Freundinnen gefunden. Sie beantwortete jede Nachricht und versprach ein baldiges Wiedersehen. Wenn sie zwischendurch aufschaute, konnte sie im dichten Nebel gerade noch die neuen Figuren erahnen, die den Platz der griechischen Athleten eingenommen hatten. Werner hatte es wirklich getan: Eine Herde knallbunter, riesig großer und unglaublich fetter Frauenkörper säumte neuerdings den Weg zum Springbrunnen. Ihre Brüste und Pos waren zigmal größer als ihre Köpfe, sofern sie überhaupt Köpfe besaßen.

»Nanas, Kunst aus Frankreich!«, hatte Werner begeistert erklärt. »Irre, oder? Eine Galerie hat sie mir für 'nen Appel und 'n Ei überlassen. Sind Kopien, bitte nicht weitersagen.«

Zuerst war Louise stinksauer gewesen: Was, um Himmels willen, sollten ihr diese grauenhaften Monster nun wieder sagen! Wollte ihr Vater sie vielleicht daran erinnern, dass sie immer noch ziemlich dick war? Auch ihre Mutter hatte darauf keinen Rat gewusst – bis die beiden gemeinsam im Internet nachgeschaut hatten. Nana, so war dort zu lesen, stand für eine selbstbewusste Frau, die ihren Körper mochte, so wie Gott ihn geschaffen hat. Das fand Louise nun wieder überraschend feinfühlig von ihrem Vater: Wenn diese Nilpferdmamas ihre unmöglichen Körper liebten, dann konnte sie, Louise, ja wohl erst recht mit sich zufrieden sein. Seitdem hatte sie nichts Schlechtes mehr über die Nanas gesagt. Tatsächlich hatte sie sogar angefangen, sie ein kleines bisschen zu mögen. Die dickste, die direkt am Brunnen stand und ihren eigenen Körper auf Händen trug, hatte sie »Viv« getauft. Sie freute sich schon darauf, dem Trio aus Bad Singbein die Nanas zu zeigen, wenn sie demnächst zu Besuch kämen.

Eine Nachricht poppte auf:

Gibst Du Val P ein Küsschen von mir? Er geht doch in deine Klasse. Der tut mir so leid.

Danke, Knutscher für dich.

Deine Bi

»Nein, sorry, Bi, das werde ich ganz bestimmt nicht tun«, grummelte Louise und antwortete:

Na klar, Bi.

Auch Knutscher.

Deine Lu

Auf Valentin war sie immer noch nicht gut zu sprechen, auch wenn er wirklich großes Pech gehabt hatte, daran gab es nichts zu deuten. Emil hatte ihn nicht nur gemobbt, sondern auch noch absichtlich verletzt. Die Kameras hatten die Probe aufgezeichnet und den Beweis geliefert. Louise nahm etwas Schwung, fast automatisch hatte sie das Video aus *Vals Disco-Studio P* aufgerufen, das mittlerweile von fast elf Millionen Fans angeklickt worden war. Lustlos zappte sie durch die Kommentarspalte, las hier und da, was Val P seinen Fans antwortete, doch Louise hatte bald genug gesehen. Langweilig. Meist ging es doch nur um »coole Moves« und »schräge Outfits«. Ihr Finger glitt schon über das Display, da blieb ihr Blick plötzlich an einem Wort hängen. Sie schaute genauer hin. *DenizRockt*, offenbar ein Fan der ersten Stunde, berichtete, dass er den »Gestreckten Arm« probiert und dabei die Wohnzimmerlampe der Eltern zerstört hatte.

Hahaha, streck, whäm, crash! Die Oldies waren vielleicht sauer!!!, schloss *DenizRockt* seinen Kommentar.

Val P hatte geantwortet:

Was? Du hast die Lampe runtergeholt? Ächt krasssssss!«

Louises Herz schlug schneller, pochte heftig gegen ihren Brustkorb. Zehn YouTube-Kommentare und -Antworten später entdeckte sie das nächste »ächt«, und einen Satz später schrieb Val P von seinem »rächten Arm«. Großer Gott! Louise stoppte die Schaukel – ihr wurde schlecht.

Schnuppen aus Glas

Auf Valentins Bett lag ein neues Handy, daneben ein Zettel mit der PIN-Nummer und einer kurzen Nachricht:

»Von uns zur Feier des Tages. Wir sind soo stolz auf dich. Du bist der Größte, Val P!«

Valentin hatte das Telefon noch nicht aktiviert, wer auch immer etwas von ihm wollte, musste sich gedulden. Er streckte sich auf dem breiten Wollteppich mitten im Zimmer aus und versank bald darauf in leichtem Schlummer. Sisys entspanntes Schnurren hatte eine beinahe hypnotische Wirkung auf seinen müden Verstand und seinen besiegten Körper. Es linderte sogar die Kopfschmerzen, die vom Sturz gegen die Kamera zurückgeblieben waren. Behaglich legte sich der Kater quer über sein Gesicht, für ihn war Valentin nicht mehr als eine warme Schlafunterlage, die von Zeit zu Zeit seine Haare ausspuckte.

Valentin hatte ihn zum ersten Mal nicht verscheucht, im Gegenteil: Sisy half ihm, die Augen vor einer Welt zu verschließen, die ihm gründlich gestohlen bleiben konnte. Ein verregneter Sonntagabend war angebrochen, bald würde Melanie zum Essen rufen, aber Zeit spielte für Valentin seit seiner Rückkehr keine große Rolle mehr. Minuten dehnten sich zur Unendlichkeit oder verflogen, ihm war es gleichgültig. Die Zukunft, so wie er sie sich erhofft hatte, würde nicht stattfinden, und die Vergangenheit war nun wieder seine Gegenwart, also musste er ganz von vorne beginnen. Die alten Ängste und Sorgen hatten sich nur einen vierwöchigen Urlaub genehmigt – beim ersten Gongschlag, den Stulle Mauser mit ihrem Rad verursacht hatte, waren die Arschlochgefühle gegangen, beim zweiten Gongschlag, der auf Emils Rechnung ging, waren sie zurückgekehrt, und sie waren gut in Form. Das erkannte Valentin allein schon an dem unangenehmen Kribbeln im Bauch, sobald er an den morgigen Schultag mit all den zu erwartenden Demütigungen dachte.

»Nach dem Spiel ist vor dem Spiel«, hatte ihm Giancarlo beim Abschied in Studio 3 noch mit auf den Weg gegeben, doch ein nächstes Spiel würde es nicht geben. Der Sommer war endgültig vorbei, und auch Val P war wieder in den Mottenkisten der Geschichte verschwunden.

Valentin streckte die Arme weit von sich und spürte ein vertrautes Krabbeln auf seiner Hand. Spiderman! War er gekommen, um »Hallo« zu sagen? Das hässliche Tierchen hatte tatsächlich den weiten Weg vom Keller auf sich genommen. Valentin erwartete eine üble Panikattacke, doch sein Herz schlug ruhig weiter. Wenigstens diese Angst war nicht zurückgekehrt. Was hätte das »Monster« auch von ihm halten sollen, hätte er ihre Freundschaft so mir nichts, dir nichts beendet?

Hey, Dicker, schön dass du da bist, begrüßte er ihn in Gedanken. Dann glitt sein dösendes Gehirn hinab in eine tiefere Ebene, wo die Träume ihre eigenen Geschichten sponnen, ohne sich noch um die Wirklichkeit zu scheren. Fast spürte er ein Fallen, der Kater sank mit herab und folgte ihm tatsächlich in eine merkwürdige Welt: Der Teppich unter ihm hatte sich in einen Scherbenhaufen verwandelt, kaum wagte er es, sich zu rühren, so scharf knirschte das bunte Glas bei jedem Atemzug.

»Sisy, wo sind wir?« Valentins Worte klangen hohl und echoten wie damals beim »Wampenwandern« in Österreichs schöner Bergwelt.

»Auf dem Monte Scherbelino, bei den Mausers, Mensch, guck doch hin!«, unterbrach Sisy sein Schnurren, um sich anschließend sorglos das Hinterteil zu lecken. Für einen Kater hatte er eine ziemlich hohe Stimme. »Du bist echt blind, Dicker!«, unterbrach Sisy noch einmal seine Körperpflege.

Valentin schob ihn beiseite, das Tier hatte nicht gelogen. Sie befanden sich auf der Bergspitze, so hoch, dass die wasserschweren Wolken unter ihnen vorbeiglitten. Es war Nacht, der Mond nicht mehr als ein schlankes C. Mit einem Mal fielen Lichter herab, mäanderten scheinbar ziellos über die schwarze Leinwand des Himmels, dann nahmen sie Kurs auf den Monte Scherbelino. Es wurden immer mehr und sie rasten immer schneller durch die Dunkelheit.

»Zieh die Ohren ein, Sisy«, warnte Valentin den Kater, da schlug auch schon das erste Licht in den Berg. Es war eine Sternschnuppe, daran zweifelte Valentin nicht, er wunderte sich nur, dass sie aus Glas war und nicht aus hartem Stein. Explosionsartig spritzten die Schnuppensplitter empor und regneten dann klirrend wieder hinab. Aufgeregt beobachtete Valentin das Schauspiel und hob schützend die Hände vors Gesicht. Er saß also gar nicht auf einem stinkenden Haufen aus Müll und Scherben, sondern auf einem Berg aus zerbrochenen Sternen! Warum nicht gleich mit dem Wünschen anfangen? Er konnte die Geschichte neu erfinden oder wenigstens ein unbekanntes Kapitel schreiben.

Zu dumm, dass ich das Handy nicht aktiviert und mit mir hinab in diesen funkelnden Traum genommen habe, ärgerte er sich. Zu gerne hätte er Luna-auf-Zack von seiner Entdeckung berichtet. *Vielleicht kann Sisy das Telefon aus der Wirklichkeit holen!*, spann er einen weiteren irrwitzigen Gedanken und warf den Kater in die Luft. *Denk an das Ladekabel!*, gab er dem Tier mit auf den Weg und erntete wütendes Fauchen.

»Valentin.«

Irgendjemand flüsterte seinen Namen. *Nicht jetzt, da kommt schon die nächste Schnuppe!* Vielleicht war noch nicht alles verloren. Er versuchte, sich auf einen einzigen Wunsch zu konzentrieren, aber es war einfach zu viel Unordnung in seinem Leben. Wo sollte er anfangen? Das Licht rauschte ungenutzt in den Glasberg. Schon wurden die Einschläge weniger, gleich würde die Glasschnuppennacht vorbei sein.

»Hallo, Valentin.«

»Nein, lass mich träumen, ich brauche noch Zeit!«, flüsterte Valentin dämmernd.

Eine Hand legte sich sanft auf seine Schulter. Sie war warm, das fühlte sich schön an.

»Was siehst du, *MARSMAN1*?«, flüsterte die Stimme.

Sie klang nun ganz nah, warmer Atem drang an sein Ohr. Dieser Traum wurde wirklich immer besser. »Einen wunderschönen Berg, er heißt Monte Scherbelino.«

»Da wohne ich.«

»Zwischen den Schnuppen?«

»Na ja, nicht weit davon«, behauptete die Stimme. »Du kannst jetzt aufwachen, *MARSMAN1*.«

MARSMAN1? Moment mal, woher kannte sie seinen Chatnamen?

»Ich bin's!«

Vorsichtig öffnete Valentin die Augen, verwirrt von der blendenden Deckenlampe schloss er sie wieder. »Wer ist da?«

War er etwa noch hoch oben auf der Bergspitze? Nein, er war zurück. Irgendwer kratzte an der Zimmertür, es war Sisy, er wollte raus.

Die Stimme aus dem Traum war noch da. »Ich bin's, *LAZ*.«

Neben ihm lag jemand ausgestreckt auf dem Teppich.

»Bist du es wirklich, *LAZ*?« Benommen drehte er den Kopf, dann blinzelte er in ein vertrautes Gesicht. Es war Louise, sie lächelte. Ihre Nase lag so dicht an seiner, dass es kitzelte.

»Nicht erschrecken, ich bin es wirklich, Luna-auf-Zack, lol!« Sie kicherte. »Na? Bist du wach? Ich glaube, wir sollten mal miteinander reden. Was meinst du, Valentin?«

Sein Mund war trocken, er nickte, dann flüsterte er: »Nudel.«

Epilog

Melanie spießte ein dickes Stück Gouda auf den Rücken des Käseigels und verzog das Gesicht, sie hatte genug gesehen. »Was wirklich in den Leuten steckt, erkennst du erst, wenn's um die Wurst geht!« Ihr Laptop stand auf dem Küchentisch zwischen Schinken, Ananas und Schmelzkäse. »Mich wundert nur, dass der Film überhaupt online ist, mit dem ganzen Blut und den Schrammen und so.«

Valentin klatschte blass die Zutaten für den Toast Hawaii aufeinander, auch sein Magen verkrampfte sich noch immer, sobald er sich selbst ohnmächtig am Boden von Studio 3 liegen sah. »Ein Insider hat die Aufnahme vom Server des Senders geschmuggelt und ins Netz gestellt. Ich tippe mal auf Prakti Silke, die war echt sauer auf Emil. Als ob der mich killen wollte, oder so!«

»Klar, die ist verliebt in dich, Val P!« Lachend griff Melanie in eine der vielen Tupperdosen und warf eine kleine Silberzwiebel nach ihm.

Valentin war schon für den Abend gestylt und hob abwehrend die Hände. »Vorsicht! Uschis Frise!«

Wegen Emils Attacke bei *Eier und Speck* trug er das Haar nun länger, sodass eine dichte Strähne die Narbe verdeckte, die sich über sein linkes Auge zog.

»Der wird doch jetzt bestimmt voll gehated oder wie sagt man das heute?«, vermutete Melanie.

»Und wie! Emil kriegt es von allen Seiten: Shitstorm, Hassmails, Trolle, das ganze Programm«, stimmte Valentin ihr zu. »Ich weiß nicht, wie es ihm geht. Der ist seit der Sendung nicht mehr in der Schule gewesen, und gestern hat jemand erzählt, dass die Kantereits nach den Herbstferien wegziehen.«

»Viel Glück, Blödmann!«, wünschte ihm Melanie.

Valentin schüttelte den Kopf: »Mir tut er irgendwie leid. Eigentlich hatte er die ganze Zeit noch viel weniger Spaß als ich, das habe ich früher nur nie kapiert.«

»Oho, weise Worte von meinem klugen Sohn!« Melanie schmunzelte.

Es klingelte an der Haustür, gleichzeitig klopfte Pavlos ungeduldig gegen das Küchenfenster. Kurz darauf stellte er eine Schale voller Hackbällchen neben den gespickten Käseigel und wuchtete ein paar XL-Flaschen Mezzomix auf den Küchentisch.

»Gibt's auch gefüllte Eier?«, fragte er und linste in die Tupperdosen.

»Stimmt«, erwiderte Melanie lachend, »die gehören zum 70er-Jahre-Partyfood eigentlich auch noch dazu. Aber ich glaube, ihr habt auch so genug zu futtern.«

»Hoffentlich!« Pavlos rollte skeptisch seine braunen Kulleraugen. »Ich lass mich jedenfalls nicht auf Diät setzen, Altes!«, raunte er Valentin zu. Doch als es erneut an der Tür klingelte, strahlte er: »Das sind Viv und Bi. Und meine Süße, Gül!«

Doch es war Louise, die kurz darauf in die Küche kam und sich wie ein Pudel schüttelte. »Regen, Regen, Regen, und das seit drei Wochen, Brüllach ertrinkt!«, jammerte sie. »Nicht mal der Monte Scherbelino glitzert noch.« Sie begrüßte Melanie, gab Pavlos lächelnd ein Küsschen auf die Backe, dann umarmte sie Valentin von hinten und ließ ihn sekundenlang nicht mehr los. Nebenbei spielte sie mit der Kette auf seiner Brust. »Na, mein *MARSMAN1*, du bist ja schon partyfein!«

Unter einer Küchenschürze trug Valentin sein grünes Lieblingshemd und darüber seinen neuesten Discodress: einen weißen Anzug aus Ballonseide, den Daniel in einer tiefen Ecke seines Kleiderschranks entdeckt hatte.

»Hey, du machst mich ja ganz nass!«, protestierte er. Doch statt Louise wegzuschieben, zog er sie näher heran, um sie zu küssen.

»Nun macht mal halblang«, stöhnte Melanie auf. »Immer dieses Geknutsche!«

»Mit allem Drum und Dran«, lachte Pavlos. »Wo bleiben die drei anderen nur?«

Genau in diesem Augenblick drangen die aufgekratzten Stimmen von Viv, Bi und Gül vom Kräutergarten herein.

Nachdem Louise sich zum Umziehen ins Bad verzogen hatte, betrachtete sie sich eine Weile in dem großen Wandspiegel neben der Dusche. Ihre Klamotten hatte sie zum Trocknen aufgehängt, ihr Tanzdress steckte noch in ihrem Rucksack. Auch wenn sie fast vier Kilo weniger wog als in Bad Singbein, war sie noch immer das kräftigste Mädchen der 7b und so würde es wohl auch bleiben. Neu war, dass sie das nicht mehr schrecklich fand, sondern – normal eben.

Fast wie früher, als sie noch kein Schmetterling sein wollte, oder eigentlich noch viel besser, denn jetzt mochte sie sich selbst die meiste Zeit. Nicht nur, wenn sie allein auf ihrer Schaukel saß. Das lag nicht am Gewicht, sondern an ihren Freunden. Viv, Bi, Gül und Pavlos und natürlich Valentin hatten ihr gezeigt, worauf es wirklich ankam. Aussehen war nicht das Wichtigste. Seit sie das kapiert hatte, sah sie komischerweise viel hübscher aus als früher, das sagten alle. Irgendwann würden die Nanas ihr vielleicht erklären, welch seltsame Logik dahintersteckte.

Angefangen hatte es jedenfalls mit der Schrecksekunde, in der ihr klar geworden war, dass *MARSMAN1* Val P war – also eigentlich Valentin Plau, der Volltrottel. Nachdem sie das erst einmal verdaut hatte, hatte sich – zunächst ganz zaghaft, dann immer lauter – eine ganz bestimmte Frage in ihr Bewusstsein gedrängt: Konnte es sein, dass sie sich in Valentin einfach getäuscht hatte? War er vielleicht gar nicht der peinliche Blödmann, für den sie ihn immer gehalten hatte – genauso wenig wie sie die uninteressante, hässliche Ente war, die die meisten anderen in ihr sahen? Es hatte sie all ihren Mut gekostet, in den Richthang zu fahren, um die Wahrheit herauszufinden. Doch als sie dann in Valentins Keller stand und zusah, wie er von Sternschnuppen über dem Monte Scherbellino träumte, waren alle Zweifel wie weggeblasen: Das war *MARSMAN1*, der Junge, den sie liebte. Zum Glück hatte Valentin nicht allzu lange gebraucht, um zu dem gleichen Schluss zu kommen.

Trotzdem hatten sie sich lange ausgesprochen – den ganzen Abend und jede freie Minute der darauf folgenden

Woche. Und hatten sich dabei immer besser kennengelernt – und festgestellt, dass sie auch im wahren Leben viel miteinander verband, nicht nur im Chat.

Aus Spaß hatte sie ihm dann noch weitere Fotos von sich geschickt, ihren Po und ein Bein hatte er ja schon. Und dann hatte er tatsächlich alle Teile von ihr ausgedruckt und begonnen, sie als lebensgroße Fototapete über sein Bett zu kleben, dabei hing ihr rechtes Bein noch immer falsch herum unter dem Po. Das fand Louise süß, aber auch voll schräg. Dass Valentin und jeder, der zufällig ins Zimmer kam, ihren Po anschauen konnte, ohne dass sie überhaupt etwas davon wusste, fühlte sich ganz und gar nicht richtig an. Und so hatte Louise sich etwas Besseres ausgedacht: Sie hatte Valentin zu sich nach Hause eingeladen, zum Schwimmen. Sie im Bikini und er in Badehose, so konnten sie sich gegenseitig live betrachten, und das hatten sie auch getan – zuerst ein bisschen verschämt und verstohlen, aber nach einiger Zeit immer natürlicher. Und sie mochten wirklich, was sie sahen, das spürten sie beide. Es gab ein Selfie von diesem Tag, Louise und Valentin mit nassen Haaren, Arm in Arm am Rand des Pools.

Anschließend waren sie auf den Monte Scherbelino geklettert und hatten auf den Sternenhimmel gewartet. Leider blieb der hinter Wolken verborgen, aber wozu brauchten sie überhaupt noch Schnuppen? Die hatten ihren Job super erledigt, nun war es an ihnen, ihr Glück nicht wieder herzugeben. In der Schule gab es seit einer Woche einen Discotanzkurs und die ersten Partys mit wildem Gezappel und total durchgedrehten Stylings hatte es auch schon gegeben. Vorbei die Zeiten, in denen alle nur auf ihre Handys starrten. Außerdem war die Stimmung seit der Katastrophe bei *Eier und Speck* in der Klasse viel besser. Schon lange hatte sie niemand mehr Stulle genannt, und einen »El Plauzo« schien es nie gegeben zu haben.

Erneutes Klingeln an der Haustür erinnerte Louise daran, dass gleich die Party steigen sollte. Sie fragte sich, wer das jetzt noch sein konnte? Dann zuckte sie mit den Schultern und warf den Föhn an – Viv, Bi und Gül hatten ihr unter viel Gekicher beigebracht, wie man sich eine perfekte 70er-Welle verpasste. Als die Haare trocken waren, stieg sie vorsichtig in ihr hellgrünes Partykleid, schlüpfte in die Ärmel und versuchte vergeblich, den Reißverschluss am Rücken zu schließen. »Mist«, ärgerte sie sich – da klopfte es an der Badtür. »Augenblick, bin gleich so weit!«

»Lässt du mich rein?«, fragte eine Mädchenstimme.

»Bist du das, Gül?«

»Nein.«

Neugierig öffnete Louise die Tür einen Spalt weit – und zuckte zurück wie ein erschrockenes Pferd, sprachlos vor Ärger und Überraschung.

»Darf ich?« Linda-Ev schob sich tropfend an ihr vorbei. »Ich bin klatschnass.«

»Was machst du überhaupt hier?« Louise hörte selbst, wie unfreundlich das klang, aber sie konnte es nicht ändern. Dass ausgerechnet Linda-Ev hier eindrang, in diesem besonderen Moment, war einfach ungeheuerlich. Vor den Blicken dieser Schönheitskönigin fühlte sie sich plötzlich schutzlos, als wäre sie immer noch nackt.

»Bitte, gibst du mir ein Handtuch?« Linda-Ev bibberte in ihren nassen Klamotten.

»Wieso hast du dich nicht bringen lassen?« Louise warf ihr ein Handtuch zu, dann verschränkte sie die Arme vor der Brust. »Passt deiner Mama die Luft am Richthang nicht?« Sie hatte die peinliche Szene bei ihrer Geburtstagsparty nicht vergessen.

»Ich wollte … lieber alleine kommen«, sagte Linda-Ev leise. »Ich würde gerne bei der Party mitmachen.«

»Als Dancing-Queen, oder was?«, fauchte Louise. »Nach all dem Scheiß, den ihr Valentin angetan habt? Du solltest erst mal ihn fragen!«

»Hab ich schon.«

Wie eine Grillzange kniff die Eifersucht in Louises Bauch, Linda-Ev schien das zu spüren.

»Bitte, Louise, ich weiß doch, dass du seine Freundin bist. Ich möchte einfach nur mitmachen.«

Das fand Louise schwer zu glauben. Sie sah förmlich schon vor sich, wie Linda-Ev sich an ihr vorbeidrängte, an ihren angestammten Platz als Prinzessin in der ersten Reihe.

»Hier gibt es aber keinen tollen Emil, hier sind nur dicke Freaks, die lustig rumzappeln«, sagte sie unwirsch.

»Emil ist ein Arschloch, das weiß ich jetzt auch.« Linda-Ev war kaum noch zu verstehen. »Bei Valentin habe ich mich schon entschuldigt, ich hab es wirklich kapiert, Louise. Kannst du mir nicht auch so eine Föhnwelle machen?«

Louise hatte immer noch die Arme vor der Brust verschränkt. War das ein ehrliches Friedensangebot? Oder wollte Linda-Ev ihr doch nur wieder die Schau stehlen?

»Tut mir leid, ich verstehe immer noch nicht, warum du hier bist.«

»Ich …«, Linda-Ev stockte, dann zuckte sie mit den Schultern, »ich weiß nicht. Weil ihr so viel Spaß habt wahrscheinlich. Ich hatte nicht viel Spaß in letzter Zeit. Aber du und Valentin und Pavlos, ihr strahlt manchmal richtig vor Freude. Das ist echt toll.«

»Im Ernst?« Vor Verlegenheit griff Louise nun doch nach dem Föhn, »Super-Pro« stand darauf. Konnte es wirklich so einfach sein? Dass es für Linda-Ev gerade wenig zu lachen gab, glaubte sie sofort – es war in der Schule nicht zu übersehen, dass sie seit dem Auftritt bei *Eier und Speck* kaum noch Freunde hatte. Als hätte Emil sie mit einer fiesen Seuche angesteckt: Unbeliebtheit, das war schlimmer als die Pest, Louise wusste es ja aus eigener Erfahrung. Und trotzdem … Sie hob den Blick und sah Linda-Ev in die Augen, der Föhn zeigte auf die ehemalige Klassenprinzessin wie ein Revolver. »Und du machst dich nicht bloß lustig über uns?«

»Ich schwöre!« Linda-Ev hatte die Hände gehoben, als wollte sie sich ergeben. Sie grinste schief. »Wenn du das Ding da runternimmst, kann ich dir mit deinem Reißverschluss helfen. Make-up habe ich auch dabei. Und dann die Föhnwelle?«

Bald darauf standen alle nebeneinander unter der Discokugel: Pavlos, Gül, Viv, Bi, Linda-Ev, Louise und Val P. Die Nebelmaschine hüllte sie bis zu den Knien in Dampf, die Lichter über ihnen rasten wie Schnuppen über die Betondecke des Hobbykellers.

»Worauf warten wir?«, flüsterte Louise in Valentins Ohr und kitzelte ihn dabei mit ihrer Föhnfrisur.

Doch Valentin rührte sich nicht. Mit gestrecktem linken Arm und entschlossenem Blick schien er auf einen weiteren Besucher zu warten. »Moment noch.« Ein leichtes Beben breitete sich von seinen Füßen aus und ging in seine Knie über. Seine Hüften begannen zu wippen und seine rechte Schulter rollte. »Da bist du ja!«, begrüßte er leise den letzten Gast.

Niemand hatte den großen Unbekannten kommen sehen, doch alle spürten, dass es jetzt losgehen konnte.

Val P öffnete lächelnd die Augen, klatschte in die Hände und startete die Musik. Dann gab er seinen Freunden das Kommando:

»Wir sollten tanzen, yeah!«